TOM ZIMMER
Prinzregent
Stories

Tom Zimmer
Prinzregent

Stories

Impressum

Bibliografische Information der Deutschen Nationalbibliothek:
Die Deutsche Nationalbibliothek verzeichnet diese Publikation in der Deutschen Nationalbibliografie; detaillierte bibliografische Daten sind im Internet über http://dnb.dnb.de abrufbar.
© 2023 Tom Zimmer
Herstellung und Verlag: BoD – Books on Demand, Norderstedt
ISBN: 978-3-7578-1465-6

FSC
www.fsc.org

MIX
Papier aus verantwortungsvollen Quellen
Paper from responsible sources
FSC® C105338

Während der Produktion des Buches kamen keine Tiere zu Schaden.

Prolog

Was macht man, wenn man außer dem Drang, auf die Toilette zu gehen, morgens ansonsten keinerlei Antrieb hat? Man studiert.

Was macht man, wenn man handwerklich so talentiert ist, dass man bei einer ausgebrannten Glühbirne die Rohrzange holt? Man studiert.

Und was macht man, wenn man außer einem durchschnittlichen Abitur und einer zweistelligen Niederlagenserie am hauseigenen Schachcomputer wenig vorzuweisen hat? Man studiert natürlich.

Zu studieren war natürlich auch irgendwo unabdinglich. Schließlich schaffte es sogar der Nachbarsjunge, der in der fünften Klasse seinen Namen noch nicht schreiben konnte und der dachte, Antipasti wäre die griechische Version von Monopoly, über den fünfundvierzigsten Bildungsweg am Ende auch, einen Bachelor-Abschluss zu erlangen. Das spornte meinen Plan – und vor allem den meiner Großmutter – zu studieren, natürlich an. Die Frage war nur noch, was. Als ob das jemals richtig gewesen wäre.

Die letzten Sommer half ich meinem Cousin in seinem Baubetrieb und legte mir die gesammelte technische Erfahrung als Ausrede parat, ich würde gerne Bauingenieurwesen studieren. Da konnte niemand was sagen. Das war angesehen und man fand später sicherlich einen Job. Redete ich mir ein. Am wichtigsten war jedoch, ich konnte mein Leben mittelfristig dahinfließen lassen, auch wenn – oder gerade weshalb – ich wusste, dass ich mich nie zu einhundert Prozent mit dem Studium identifizieren oder mich gar dafür interessieren würde. Aber wer tut das schon?

Meine Stärken lagen eher in kreativen Dingen, dessen war ich mir immer bewusst. Ich war schon als Kind gut im Malen und Zeichnen. So gut, dass mich die Grundschullehrer zeitweise für einen Autisten hielten.

Filme interessierten mich, Bücher, Malerei. Aber primär fand ich Spaß am Zeichnen. Auch der örtliche Kinderarzt, Dr. Hohenegger-Müller, der jedes Kind standardgemäß bat, sich bis auf die Buchse auszuziehen, ganz egal, weshalb es überhaupt bei ihm war, meinte zu mir eines Tages, als ich wieder in der Unterhose vor ihm stand, ich solle später einmal was mit dieser Gabe anfangen, schließlich hingen einiger meiner frühen Kunstwerke damals an seiner Wand in der Praxis. Und ich gab dem Mann recht, schließlich war er Arzt. Und hatte einen Doppelnamen.

Ich hatte mich unlängst schon für die risikofreiere Variante des Bauingenieurwesens an der Rosenheimer Hochschule eingeschrieben. Vielleicht war das Leben eines bettelarmen Künstlers in einer eiskalten Wohnung nichts für mich. Und was sollten die Leute denken? Ich kam aus einer örtlichen Siedlung am Rosenheimer Stadtrand. Wenn man da als Kerl Kunst studierte, hielt einen die Dorfgemeinschaft sofort für eine einzige Last des Steuerzahlers oder zweifelte an der Sexualität des Studierenden. All diese Gedanken ließen mich den konservativen Weg gehen.

Dennoch wollte ich mein Gewissen erleichtern und entschied mich in meinen letzten Schulsommerferien, mir den Tag der offenen Tür an einer Münchener Kunsthochschule zu geben.

Ich stieg also eines heißen Sommertages in den Zug in die Landeshauptstadt und marschierte vom Bahnhof weg zu besagter Kunsthochschule. Schnellen Stiftes trug ich mich in dem Besucherbogen ein und startete meinen Erkundungslauf durch das Gebäude.

Bereits am Eingang waren mir sämtliche klischeehafte Mitglieder der Kunstszene aufgefallen. Baskenmützen, wild gefärbte Haare, die den Widerstand gegen eine aktuelle politische Debatte oder die Unterdrückung irgendeiner Gruppe, zu der man selbst selten gehörte, zum Ausdruck bringen sollte. Schwenkende Arme in Gesprächen, gepflegte Bärte, Hornbrillen. Science-Fiction-Flapper-Girls. Ich passierte immer wieder diese Menschen und wünschte mir einen Wald zum Reinschreien oder einen Mülleimer, wo ich reinkotzen konnte. Ich regte mich schon wieder zu sehr auf.

Die Schule hatte eine Galerie für die Interessenten geöffnet.

Es war ein großes, kahles und trauriges Hallenabteil mit vereinzelten Neonröhren, die den Fokus der Besucher auf die jeweils darunterliegenden Kunstwerke richten sollte. Die I-Träger und der glatte, unbehandelte Beton an den Wänden ließen alles gefühllos und neutral erscheinen.

Vorsichtig schaute ich durch die Halle und betrachtete ein paar der Werke. Mit solchen Sachen konnte man also wirklich Geld verdienen? Wieso studierte ich dann Bauingenieurwesen? Farbkleckse, in denen man die Umrisse üblicher Haushaltsgegenstände erkennen sollte, welche einem die mentale Steuerung der Persönlichkeit verraten konnten. Halbnackte junge Statistinnen, die sich zwei Stunden lang rekelten und in Ganzkörperschminke auf einer Empore zur Schau stellten und ausschließlich in getakteten, beinahe motorisch gesteuert wirkenden Bewegungen existierten. Alles für die Kunst.

Ich blieb an einem der Bilder hängen, das aussah, als würde eine Galapagos-Schildkröte im Twister gegen einen nordischen Elch verlieren. Minutenlang betrachtete ich es. Ich verstand es nicht, aber ich achtete auf die Spuren, welche die unterschiedlichen Pinsel hinterlassen hatten. Ich achtete auf die Farbkompensationen, die Dichte, die Aura. Und ich musste noch ein paar Minuten totschlagen, bis der Zug kam.

Ich hatte genug. Ich sah ein, dass ein Leben für die Kunst doch nichts für mich war. Anfangs enttäuschend, sah ich es nach kurzer Zeit als Befreiung.

Ein junges Mädchen wurde auf mich aufmerksam, als ich noch immer an dem Bild haftete. Ich fragte mich, ob ihre Aufmerksamkeit auf meinem Interesse an dem Möchtegern-Pollock beruhte oder auf der Annahme, dass sie mich ähnlich unwiderstehlich hielt, wie ich selbst, so wie ich da mit meiner wildgewordenen Mähne und meiner Lederjacke rumlungerte.

„Hey, du.", sagte sie freundlich, „Gefällt's dir?"

Sie war wohl eine der hier immatrikulierten Studentinnen, die den Besuchern bei Fragen zur Seite standen. Sie sah auch ganz nett aus, anders als ihre futuristischen Kommilitoninnen mit den bunten Haaren und den Cyberpunk-Klamotten.

„Ja, echt faszinierend.", antwortete ich abfälliger, als ich überhaupt wollte, „Der Cousin von meiner Nachbarin is vier, der kann mit seinem Malkasten was ähnliches anstellen. Da wird er aber scho so zwei oder drei Minuten brauchen."

„Alles klar.", sagte sie mit abnehmender Stimme und gleichzeitig abnehmendem Lächeln, „Meld' dich, wenn du was brauchst."

Verdammte Scheiße. Ich machte das doch noch nicht mal absichtlich. Der Mist kam immer automatisch aus mir raus. Vor allem in dieser Situation, als ich kurz zuvor einzusehen hatte, dass die Kunst für mich als Lebensentwurf gestorben war und ich den konventionellen Weg zu gehen hatte.

Ich ging auf die Toilette und warf mir am Waschbecken eine Ladung Wasser ins Gesicht. Auf der Uhr sah ich, dass ich noch gut zwanzig Minuten hatte, bis der Zug kam. Jetzt oder nie.

Ich ging nochmal in die Halle und suchte nach dem Mädchen, um ihr eine Entschuldigung zu liefern. An dem Bild von vorhin war sie nicht mehr. Ich schaute umher, die Zeit lief. Ich fragte Leute nach ihr, die mir allesamt außer Achselzucken und wortlose Kopfschüttler wenig entgegenbringen konnten. Letztendlich fand ich sie bei einer der halbnackten Statistinnen, der sie beim Zusammenpacken half. Ich ging zu ihr rüber und erklärte ihr, dass ich seit nunmehr neunzehn Jahren ein unzufriedener, unmotivierter und phlegmatischer Zeitgenosse sei und der Traum über die Kunst für mich ein paar Momente zuvor gestorben war. Wir quatschten noch gut zehn Minuten weiter und sie schien mich zu verstehen, sie lächelte wieder.

Ich sputete mich zum Bahnhof, klassisch erreichte ich den Zug gerade da, als sich die Türen schon zu schließen begannen.

Ich ließ mich in einen Vierer fallen und lehnte den Kopf schnaufend nach hinten. Mit gesteigerter Fitness vom Spurt, pochender Lunge und einer neuen Handynummer nahm ich die Entscheidung an, nie wieder an die Kunsthochschule zu kommen. Zum ersten Mal war ich mir bewusst, künftig Bauingenieurwesen zu studieren.

Je m'appelle Toni Zaunmüller

Ich war in die City gezogen. Also, in die Rosenheimer Innenstadt, City kann man jetzt nicht sagen. Die erste Nacht in meiner neuen Bude war gleichzeitig jene vor dem ersten Vorlesungstag. Bis dahin hatte ich der Nostalgie halber noch in meinem Kinderzimmer im Elternhaus geschlafen.

Ich stand auf und schritt mit langen Beinen über die Umzugskartons und die am Boden liegende Kleidung vom Vortag, die ich umgehend aufhob und an meinen Körper brachte.

Der erste Vorlesungstag an der Rosenheimer Hochschule und auch insgesamt für mich stand vor der Tür. Ich bewegte mein Gefährt und mich früh morgens in Richtung Hochschulgelände. Unterwegs wurde mir erst bewusst, wie klug es war, in Rosenheim zu bleiben. So hatte ich nie den Pendelstress nach München oder Salzburg oder Kufstein. Die fünf Minuten Autofahren zur Hochschule gingen mir ja schon auf den Sack.

An der Hochschule angekommen, bemerkte ich die erste Problematik, die mich die kommenden elf Semester – bestehend aus sieben Semestern Regelstudienzeit und vier selbstverschriebenen Sabbath-Semestern (Spoileralarm) – begleiten sollte: die Parkplatzsituation.

Man kann sich vorstellen, wie einer vierzehn Maß Bier im Zelt in seinen Magen pumpt, man kann sich vorstellen, wie zweiundzwanzig Clowns aus einem Auto steigen. Aber glaub mir, Bruder: man kann sich niemals vorstellen, wie fünftausend

Studenten auf zwei Parkplätzen ihre Wagen unterbringen.

Besonders gewiefte Denker kamen gleich mit dem Zug oder dem Fahrrad. Erfahrung macht die Weisheit. Nach gefühlt endloser Rumkurverei und zahlreichen enttäuschenden Momenten, in denen man eine Parklücke findet, nur um im letzten Augenblick feststellen zu müssen, dass doch noch ein Smart drinsteht, fand ich doch noch eine der begehrten Lücken auf dem Parkplatz hinter dem Q-Gebäude. Ich hatte zwar den Kompromiss einzugehen, dass meine Nebenleute Probleme beim Einsteigen haben würden und ich das Auto über das Dachfenster zu verlassen hatte, aber ich war zufrieden.

Es schien nicht zu regnen, also zog ich die Nummer über das Dachfenster durch. Eine kleine, an der hinteren Tür der Hochschule stehende Gruppe von Leuten beobachtete mich und machte höchstwahrscheinlich intern blöde Bemerkungen über einen der Erstis.

Ich warf mir den Rucksack über die Schulter und marschierte in Richtung Foyer im Hauptgebäude. Dort angekommen, musste ich feststellen, dass ich wohl der Einzige mit Rucksack war. Umhängetaschen und kofferähnliche Verstauvarianten waren eher angesagt im Studentenleben. Sehr ungewohnt.

Ungewohnt war zudem, dass ich zum ersten Mal in meinem Leben einen Tag in einer schulischen Einrichtung verbrachte, ohne dass ich eine von Mamas Brotzeitdosen dabeihatte.

Das Foyer wurde mir als Startpunkt des ersten Tages in meiner

Willkommenspost der Hochschule mitgeteilt. Hier gab es nun eine groß angelegte Eröffnungsfeier für alle Neuankömmlinge. Ich stellte mich unter die immer noch frischen Abiturienten und horchte den Worten der Redner zu.

Die Bürgermeisterin pries die jahrelange Zusammenarbeit der Hochschule mit umliegenden Betrieben positiv an, ein Mitarbeiter der Hochschule verkündete die sportlichen Erfolge der Vergangenheit und eine Studienbotschafterin versuchte mit angeboten Freizeitaktivitäten, die lauschenden Gesichter einzustimmen.

Nachdem ich erfuhr, dass die Rosenheimer bei der oberbayerischen Hochschul-Basketballmeisterschaft 1982 den dritten Platz holte und dass man anscheinend schauen sollte, nicht vor dem Fernseher zu versauern, teilte sich die Menge in kleinere Gruppen. Jeder Student begab sich zu einem Tutor, welcher ein Schild mit dem jeweiligen Studiengang in die Höhe hielt. Ich für meinen Teil begab mich zu dem Pollunder und Brille tragenden, hochgewachsenen Jüngling ohne Haarschnitt, der das Schild „Bauingenieurwesen" in die Höhe reckte. Er wirkte genervt und stand wortlos nur da, bis der Zulauf zu unserer Gruppe zu versickern schien.

Er teilte uns die Fächer in kleiner Runde mit, die wir in der ersten Woche zu bewältigen hatten, und stellte sich den übermotivierten und teils selbsterklärenden Fragen der enthusiastischeren Erstsemestler.

Danach führte er uns zum ersten Hörsaal, den die meisten von uns jemals betraten und überließ uns dem Dozenten.

Wir alle nahmen irgendwo Platz. Ich suchte mir logischerweise einen Platz in den hinteren Vierteln des Auditoriums. Auch wenn ich die Hochschule nur als Durchgangsstation sah und ich mehr auf das Nachtleben als Student gespannt war, so war ich durchaus begeistert von dieser ganz neuen Lernkultur, die sich in hohem Maß von der aus der Schulzeit unterscheid. Hörsäle, Dozenten, Siezen, große Zahlen an Zuhörern.

Wie die meisten anderen hier im Auditorium, kannte ich keinen. Ich war alleine und auch irgendwo froh drüber. Der Hörsaal füllte sich mit der Zeit immer mehr und die Plätze rechts und links von mir wurden schnell besetzt. Es lief dann so, wie es sich immer in solchen Situationen ergibt: man wirft sich in belanglosen Small-Talk. Und in dem war ich ja Weltklasse.

Der rechts neben mir kam aus dem Sauerland und las ein Buch über Biologie, das er beim Hinsetzen auf den klappbaren Tisch vor sich gelegt hatte.

„Wos liest denn da?", fragte ich, nachdem er mir die ganze Plörre von seinem Umzug und seinem ersten Mal in Bayern und die Lüge über die freundlichen Leute in Rosenheim präsentiert hatte.

„Ach, das ist n' Buch über die Tierwelt, wo Vergleiche mit den Menschen gezogen werden.", antwortete er mir, „Ist zurzeit recht interessant, gerade mit der ganzen Sache hier mit dem

Wolf."

„Wolf?", fragte ich.

„Na, der Wolf.", wiederholte er sich und gab mir das Gefühl, als wäre etwas Sensationelles an mir vorbeigegangen, „In den Chiemgauer Alpen soll sich ein Wolf rumtreiben. Der ganze Landkreis und alle Medien streiten sich darum, ob man ihn erschießen sollte oder nicht. Hast du das nicht mitbekommen?"

Nicht mitbekommen? Ich wusste nicht mal, wer gerade Bundespräsident war.

„I dacht, es geht um Vergleiche mit dem Menschen?", lenkte ich von meinem Unwissen ab.

„Ja, größtenteils. Wusstest du zum Beispiel, dass Elefanten doppelt so schlau sind wie Menschen?"

„Is des so? Wieso können die dann ned Autofahren?"

Mit großen Augen starrte er mich perplex an und drehte sich zu seinem rechten Nebenmann um, um mit dem zu schwätzen. Ich denke, das war für alle Beteiligten auch das Beste.

Der links neben mir hing ähnlich in den Seilen wie ich.

„Hey. Toni.", stellte ich mich vor und reichte ihm die Hand.

„Philipp. Aber alle nennen mi Pippo.", sagte er mit monotoner Stimme und noch monotonerem Blick und schüttelte meine Hand.

„Rosenheimer?", fragte ich, nachdem ich seinen bayerischen Dialekt erkannt hatte.

„An wos hast des erkannt? An meine Augenringe?"

Ich hatte ihn noch nie gesehen in Rosenheim.

„Eher an den Einstichstellen am Arm und am leeren Geldbeutel."

Schlagfertig, Toni. Schlagfertig.

Wir saßen weiterhin da, vertrieben uns die Zeit mit kleineren Plaudereien über Zigaretten und Snus, über autofahrende Elefanten und den heiligen Jesus und warteten, bis der wahre Studiengang endlich losging.

Dann war es so weit: der Dozent stieß die Tür auf und die erste Vorlesung meines Lebens sollte beginnen. Ich hatte ursprünglich immer die Vorstellung, dass das Studieren im realen Leben dem aus dem Fernsehen gleichkommen würde. Häuser besetzen, demonstrieren, sich im Hörsaal wegen dem Schah von Persien fetzen. Die Realität sah jedoch um kleine Nuancen anders aus.

Der Prof schrieb seinen Namen an die Tafel und Mathe I stand an. Er begrüßte uns kurz, wünschte uns viel Glück und legte direkt los. Keine Häuser besetzen, keine Demonstrationen, nicht einmal ein Wortgefecht im Hörsaal. Dafür gab es das Ableiten von e-Funktionen, partielles Integrieren, Taylor-Reihen und Laplace. Herrschaftszeiten.

Ich kam mir ähnlich blöd vor, wie mein gleichaltriger Vetter Valentin, der mir mit sechzehn auf so einer Garagengeburtstagsfeier nach siebzehn Halben Bier weismachen wollte, dass jemand mit Satzbauschwächen an Kommunismus leide.

Da ich ja nun kein Künstler werden sollte, wollte ich eigentlich nur später einmal acht Stunden am Tag Zahlen in einen Computer hacken, heimkommen, ein Bier trinken, den Abfluss reparieren, am Wochenende in den Tierpark fahren, Fotos von meinem Essen posten und vor dem Fernseher einschlafen und musste einsehen, dass man für so etwas wohl mithilfe eines Zirkels und einer Buntstiftbox die Umlaufbahn des Saturn berechnen können musste.

Mir wurde in Windeseile klar, dass mein Fachoberschulwissen bereits am Ende angelangt war. Diese Pseudo-Raumfahrttechnik hier war eine andere Liga als Deckungsbeitrag I, 6000 Aufwendungen für Rohstoffe und Je m'appelle Toni Zaunmüller.

Wir rechneten bis zum Abend weiter. Der kalte Oktobertag ließ es früh dunkel werden. Ich schaute immer wieder durch das Fenster und sah die Sonne untergehen und mich selbst irgendwo mit ihr. Mit zunehmender Dunkelheit erkannte ich immer mehr meiner Verzweiflung in der Spiegelung des Fensters.

Irgendwann, so gegen sieben Uhr, war dann die Vorlesung beendet. Einige der Studenten klopften auf die Klapptische vor ihnen, andere klatschten. Ich klatschte zunächst und wechselte nach ein paar Handbewegungen zum Klopfen über. Es war halt erst mein erster Tag.

Ich war einfach fertig. Unvorbereitet betrat ich die Schlacht und bekam frühzeitig den Todesstoß durch Sinus, Kosinus und Arkustangens. Auch das noch. Da begriff ich mit Müh und Not, was ein Tangens war, dann kam auch noch so etwas wie ein Arkustangens daher. Das kam mir in etwa so vor, als würde man versuchen, angeschwitzte Kalbsleber mit Apfel-Chutney und Kartoffel-Espuma mit Mousse au Chocolat im Nachgang zuzubereiten, bekommt aber keine zwei Spiegeleier hin.

Ernüchtert packte ich meine Sachen zusammen und betrat schlauchend den Parkplatz. Am nächsten Morgen sollte es gleich um acht Uhr weitergehen. Grandios. Das bedeutete, ich würde um sieben sowas aufstehen dürfen. Eigentlich war doch immer die Intention, zu studieren, nicht früh aufstehen zu müssen. Ein weiteres Unterfangen, das nach hinten losging.

Auf dem Parkplatz angekommen, bemerkte ich, dass mein Auto mittlerweile das einzige war, das man weit und breit auf dem kiesigen Platz sehen konnte. Ich konnte entspannt durch die Fahrertür einsteigen und musste nicht wieder über das Dach klettern. Ich warf die Maschine an und drehte den Knopf des Radios so weit im Uhrzeigersinn, bis er anstand.

Von einem ungewohnten Druck auf den Schläfen und an der Stelle, wo sich Augenbrauen und Nasenbein treffen, geplagt, chauffierte ich mich und meine beiden Ranzen durch Rosenheim. #einerfürdieBlasmusik.

Die Musik war so laut, dass sogar die B-Säule hinter meinem

Ohr vibrierte. Love me, love me. Say that you love me.

Wütend stellte ich mir immer wieder die Frage, wie lange ich es wohl aushalten würde. Drei Wochen? Vier? Zwei Monate? Ein ganzes Semester? Oder doch bloß bis zum nächsten Morgen?

Ich betrat die Wohnung, stieg wieder über die Umzugskartons, ließ meine Jacke von den Schultern auf den Boden fallen und sank in den Sessel. Eine Feder stand auf.

Ich dachte nach. Das konnte es doch nicht sein. Wie konnte ich so etwas freiwillig machen? Ich verspürte nun noch weniger Antrieb als am Morgen. Doch das änderte sich auf einmal schlagartig.

Irgendetwas schoss mir durch den Körper. Ich wurde gepusht. Gepusht von der Idee, doch was aus meinem Leben zu machen. Gepusht von der Idee, der Kunst noch eine Chance zu geben. Scheiß auf Laplace. Scheiß auf Gauß-Jordan. Ich wollte es allen zeigen, dass man auch ohne diese Raketenphysik erfolgreich werden konnte.

Hin und wieder zeichnete ich noch, vorwiegend oberflächliche und einfach gestrickte Comicfiguren. Ein paar Wochen zuvor hatte ich einen Comic über einen humanoiden Bananenmann begonnen, der die Superkraft hatte, aus seinem Kopf Bananensaft zu schießen. Ein etwas verstörendes Bild, wie mir gerade auffällt.

Jedenfalls spürte ich das Adrenalin. Ich war wie eine Kaffeebohne auf Speed. Hastig suchte ich nach dem Comic auf meinem Schreibtisch. Rechnungen, Lohnsteuergedöns, Einladungen, die Flyer sämtlicher freien Kirchen. Ich räumte die ganze Tischplatte ab. Wo war der Bananenmann?

Schließlich fand ich ihn und nahm ihn mir zur Brust. Mit dem Bleistift zwischen Zeige- und Mittelfinger wippend überlegte ich in die Luft starrend, welches Abenteuer er als nächstes erleben sollte. Und einen Kumpan brauchte er noch einen Sidekick. Vielleicht eine Ananas? Eine Apfelsine?

Energisch notierte ich alles, jede Idee. Ich zeichnete kleine Konzepte und Storyboards mit Strichmännchen. Das war es, was ich wollte. Keine Nullstellen berechnen, keine Limes-Annäherungen.

Nach etwa fünf Minuten legte ich den Stift zur Seite und schaltete die Glotze ein. Schließlich musste ich am nächsten Tag wieder um sieben aufstehen.

Stefan-Boltzmann

Ich fuhr meinen Polo geradewegs durch die Rosenheimer Nacht. Nichts war wirklich zu erkennen oder gar überhaupt zu sehen, die Scheinwerfer der anderen Autos und die bunten Lichter der Geschäfte tanzten in den Pfützen auf den Straßen und wurden mir direkt ins Gesicht geworfen.

Es war Donnerstag. Oder wie sich selbstlobende Witzbolde unserer gespaltenen Gesellschaft gerne zu sagen pflegten: Vize-Freitag.

Reflektierend dachte ich darüber nach, wie ich innerhalb von etwa acht Stunden in die Situation gekommen war, in der ich nun war. Eine Situation, die ich mir am Tag davor so noch nicht vorstellen hätte können.

Die Physik-Vorlesung am Vormittag hatte mich beinahe zum mentalen Kollaps gebracht. Impulse und Kräfte und 9,81 Meter pro Sekunde im Quadrat. Hätte der Typ damals seinen Scheiß-Apfel einfach gegessen.

Gähnend und erschöpft brach ich die Stunde ab, verließ den Hörsaal und bewegte ich mich zur Schul-Cafeteria. Ich stellte mich in der Reihe vor dem Kaffeestand hinten an. Nachdem die neoliberalen Weltretter*innen mit ihren Ballonhosen und diesen ganz nah am Haaransatz abgeschnittenen Ponys vor mir ihre Chai-Latten, glutenfreien Muffins oder weiß der Teufel was bestellt hatten, war ich nun an der Reihe: Kaffee – viel Milch, viel Zucker. Wie einst Mr. Wolfe im Jahre 1994.

Und wieder merkte ich, dass ich meinen Studentenausweis nicht mit Geld aufgeladen hatte. Nicht mal in der Cafete der Rosenheimer Hochschule brachte man sein Schwarzgeld los. Nicht mal für einen deutschen Brühkaffee.

Jetzt studierte ich seit zwei Monaten in dem Laden und hatte das bargeldlose Bezahlen noch immer nicht begriffen. Heutzutage sieht das anders aus, ich weiß. Leute bezahlen mit der Karte oder mit dem Smartphone. Letztens habe ich so einen Hexenmeister gesehen, der hat sein Tragerl Bier mit seiner Uhr bezahlt.

Ich ging also schnell zum Automaten neben der Cafete, um meinen Ausweis mit Geld zu füttern, um dann wieder zur Kasse zurückzumarschieren, um die Sache mit meinem Kaffee zu begleichen. Dieses ganze Prozedere kostete mich dermaßen viel Zeit, dass sich nun auch die meisten anderen Kommilitonen, die die Physik-Vorlesung noch bis zum Ende genossen hatten, in der Mensa eingefunden hatten. Meistens aß ich alleine, um mir in der Mittagspause nicht noch Stefan-Boltzmann-Konstanten und Lambdas um die Ohren schlagen zu müssen.

Mit meinem Kaffee in der Hand ging ich zur Essensausgabe, nahm mir ein Tablett und ein Zwei-Euro-Thai-Curry und stellte mich an der Kasse fürs Essen an. Plötzlich, als ich da in der Reihe stand, schlangen sich zwei Arme um meinen Körper und zwei zierliche Hände verdeckten meine Augen.

Dachte ich zunächst, mein halb-thailändischer Kollege Ahn, der mir des Öfteren subtile Streiche zu spielen versuchte, wäre schuld an meiner vorübergehenden Blindheit, versuchte ich ihn zu verscheuchen. Ich war zu müde für Scherze.

„Schwing di, Mao Tse Tung!", sprach ich drohend und ohne Augenlicht, mit einem Teller voll gelbem Reis auf dem Tablett und einem Rucksack voller uninteressanter geliehener Bücher auf dem Rücken.

Als sich die Arme gelöst hatten und ich mich noch nicht ganz umgedreht hatte, sprang mir bereits eine Umarmung entgegen. Einen Teil von dem Reis schüttete ich mir übers Hemd und als ich begriff, was los war, stellte ich das Tablett ganz zur Seite und verließ die Schlange vor der Kasse.

Julia, eine Wirtschaftsstudentin muy fuega, die während meiner Jugend mit ihren Eltern ein paar Häuser weiter gewohnt hatte, hatte mich erkannt und sprang mich nieder, so wie ich es mir von ihr während der Schulzeit gewünscht hatte. Damals in der Schule war ich ziemlich vernarrt in sie, hatte mich aber nie getraut, sie anzusprechen. Weswegen es mich umso mehr überraschte, dass sie mich erkannte.

Wir quatschten eine Weile. Über ihr Auslandsjahr und meine Motivation für das Studium. Die Faszination für Lambdas und Stefan-Boltzmann. Ich schämte mich, bereits nach drei Minuten das erste Mal gelogen zu haben. Wir redeten über unsere Studiengänge, die alte Abi-Zeit, das Rosenheimer Nachtleben und die aktuell voll florierende Weihnachtszeit.

Nach ein paar Minuten Smalltalk merkten wir, dass wir etwas ungünstig im Ausgangsbereich der Kasse standen, da sich immer mehr Studenten mit ihren Essen um uns herumdrücken mussten.

Sie hatte noch eine Vorlesung, ich machte Feierabend, doch als sie ging, meinte sie, ich solle doch am Abend zu einer kleinen Party in ihrer WG kommen.

Eine neue Chance, dachte ich. Eine neue offene Tür, ihr den Hof machen zu können. Ja, Sie haben richtig gelesen: ihr den Hof machen. Wie ein Typ aus den Fünfzigern. Scheitel nach Strich, Rockabilly mit nach außen wippenden Knien und Kriegstrauma inklusive.

Sie schrieb ihre Adresse und Telefonnummer auf eine abgerissene Ecke ihres karierten Blockes und umarmte mich einmal mehr. Ich nahm den Zettel, schob ihn in die hintere Hosentasche und holte mir ein neues Thai-Curry.

Ich bezahlte, plauschte kurz mit der Kassiererin und suchte mir einen Sitzplatz. Um die mittig in der Mensa befindliche Empore herum ging ich mitten rein in den Dschungel. Die Mensa war mittlerweile so voll wie ein Media Markt am Black Friday und die Streitereien an jedem der Tische zwischen den Studenten um die letzten freien Plätze erinnerten an die antiken Schlachten bei Asculum.

Ich stand nur da, ließ die Zeit und die Studenten um mich

herum passieren und dachte nicht viel. Das Licht fiel über das Glasdach herein und ich sah, wie dicker Regen auf dem Glas zerplatzte. Erneut verdeckten mir zwei Hände von hinten die Augen.

„Wenn du mi weiter belästigst, hol i die Bullen.", sagte ich mit einem gewissen Schmäh. Mit einem vorfreudigen Grinsen drehte ich mich um und sah keine Julia. Ja, nicht einmal annähernd. Einen Kopf unter mir stand Ahn und schaute mich wortlos an.

„Sorry.", sagte ich mit enttäuschend fallender Stimme, „I hab di verwechselt."

Er deutete auf einen Tisch ein paar Reihen von uns entfernt und machte mir klar, dass er einen freien Platz für mich hätte. Ich schlich ihm nach und seufzte, als ich die Belegschaft des Tisches sah. Ahn hing gerne mit eben diesen Typen ab, die selbst nach der Vorlesung noch nicht genug davon hatten, sich gegenseitig die Energieerhaltungssätze und thermodynamischen Grundsätze voller Lust zu präsentieren.

Ich nickte einmal freundlich grüßend in die Menge und wurde gleich eingebunden, als ich gefragt wurde, wie ich das E-Modul aus dem ersten Praxisversuch berechnete.

„Keine Ahnung.", sagte ich mit vollem Mund und fragte mich, über welchen Praxisversuch die redeten.

Mich beschäftigte gerade eher die Tatsache, dass ich mit einem Thailänder ein Thai-Curry in der Mensa aß. Welch eine

Ironie.

Ich aß mein Curry, fuhr heim, hing vor der Glotze rum oder schlief, schlug also die Zeit gezwungenermaßen tot und setzte mich eine halbe Stunde vor der Zeit, die mir Julia nannte, ins Auto.

Es war bereits dunkel und ich stand an einer roten Ampel. Somit sind wir wieder am Anfang der Geschichte.

Ich saß da, kaute an der Haut neben dem Daumen, tippte mit den Fingern der anderen Hand zur Musik auf dem Lenkrad herum und ließ meine Gedanken durch meine Hirnwindungen schweifen. Meinen Blick wandte ich kaum von dem Stoppschild an der Kreuzung gegenüber ab, an dem die Tropfen des Regens hinabliefen. Die Ampel switchte auf Grün und ich fuhr los, geradewegs zu der mir genannten Adresse.

An Julias Wohnung konnte ich keinen Parkplatz finden, weshalb ich ein paar Blocks weiter zur Hochschule fuhr. Der Hochschulparkplatz war jedoch wiederum abgesperrt. Für Hochschulstudenten mit Ausweis ließ sich die Schranke aber problemlos öffnen. Sofern sie einen dabeihaben. Ich fummelte jede Tasche der Jacke und meiner Hose ab, konnte aber außer einer Haarnadel und einem alten Taschentuch nichts finden.

„Gruzifix.", fluchte ich vor mich hin und drehte mein Vehikel um.

Gegenüber der Hochschule befand sich glücklicherweise eine Fabrik für irgendetwas, die reichlich Parkplätze zur Verfügung hatte. Und genau so einen suchte ich mir. Was sprach schon dagegen? Man erahnt es an dieser Stelle möglicherweise bereits.

Auf dem Weg zu Julias Wohnung machte ich noch Stopp bei einem Discounter, um die obligatorische Flasche Weißwein zu besorgen. Beim Ghetto-Netto, wie ihn die Studenten nannten. Ein völlig willkürlicher Spitzname, der nichts mit den andauernden Ladendiebstählen und den freundlichen rumlungernden Halbwüchsigen davor zu tun hatte. Ich kaufte irgendeine Flasche und marschierte im Regen weiter.

Ein paar hundert Meter und zwei Zigaretten weiter erreichte ich endlich Julias Haustür. Mit dem angesammelten Regen strich ich mir das Haar in dicken Stiften nach hinten, zündete mir eine weitere Tschick an und versuchte, die langsam aufpochende Nervosität zu drücken. Im Licht des Bewegungsmelders ging ich auf und ab, beinahe hektisch, und überlegte, mit welchen weisen Worten ich denn bei ihr Eindruck schinden konnte. Wieder fiel mir bloß Stefan-Boltzmann ein. Ich schnipste die Zigarette zur Seite und klingelte.

Alles spielte ich im Kopf durch. Und ehe ich mich versah, öffnete sich die Haustür und ich begegnete einer nackten Julia. Sie kam mit genial geformten Brüsten heraus, reichte mir einen brennenden Joint und steckte mir ihre Zunge in den Hals. Wir liebten uns die ganze Nacht und heulten den Mond an. Ein

Auto fuhr vorbei und schleuderte mich mit seinen quietschenden Reifen im Regen zurück in die Realität.

Die Tür ging nun wirklich auf und ich sah eine adrett bekleidete junge Dame, die mir anstatt eines Joints eine herzliche Begrüßung entgegenbrachte und anstelle eines feurigen Zungenkusses bekam ich eine freundschaftliche Umarmung. Sie sah den Wein, lobte meine Aufmerksamkeit und ließ mich wissen, dass das doch nicht nötig gewesen wäre. Ich betrat das Haus.

Vor Nervosität spürte ich, wie meine Halsschlagader pumpte, und ich stolperte ihr nach in den zweiten Stock ihres Miets-hauses, bis ich schließlich in ihrer Wohngemeinschaft im Herzen Rosenheims ankam. Ich erkannte den Geruch von Tomatensoße und altem Holz.

Nachdem ich meine Schuhe abgestellt hatte, betrat ich die Kombination aus Küche und Esszimmer und ging mit Nase und Wein voraus hinein. Um den Tisch saßen Bekannte und Kommilitonen Julias, von denen ich zunächst niemanden erkennen konnte. Was mich nicht störte, ich konnte mich für einen Zyniker doch recht gut in fremden Kreisen einfügen und sah das nun nicht gerade als Problem. In der Regel begann ich solche Fremdenbegegnungen immer mit einem Witz, der das Eis brechen sollte. Mir fiel aber partout keiner ein.

Musternd ging ich die Leute von links nach rechts einmal durch und beobachtete das Publikum, um mir einen passenden aufwärmenden Spruch zurechtlegen zu können, ohne nicht gleich jemandem auf den Fuß zu steigen.

Mal sehen: da waren etwa sechs Dirndl und drei Burschen, die Jungs bestanden aus einem eher nerdig wirkenden Typen, einem umgangssprachlich Discopumper genannten Hawara und... Yuri. Ich erschrak kurz. Er saß mit dem Rücken zur Tür und nahm mich nicht wahr, als ich da noch so in der Tür stand. Ich ging zu ihm rüber und umarmte ihn von hinten.

„Weißt du nosch, Mon Chéri? Als die Auer Bräu so schön hat geprickelt in meine Bauschnabell?", flüsterte ich ihm ins Ohr und nahm erste verdutzte Blicke der anderen Gäste wahr.

„Toni, wos machst denn *du* da?", fragte er, ebenfalls erschrocken.

Yuri war ebenfalls bei mir im Semester und einer der wenigen, die mich nicht den ganzen Tag mit Stefan-Boltzmann und Impulsen und Logarithmen zuschwafelten. In Wirklichkeit hieß er nicht Yuri, aber ich nannte ihn so. Eigentlich hieß er Max, aber nachdem jeder Dritte im Bauingenieurwesen Wintersemester 2012/2013 Max hieß und jedes Mal der halbe Kurs aufsprang, wenn ich ihn rief, änderte ich kurzerhand seinen Namen. Ist auch wurscht jetzt.

Ich begrüßte die Runde kurz im Allgemeinen und setzte mich. Julia war indessen bereits wieder aus dem Raum geflohen, um die nächste Schar an Gästen bei der Tür hereinzulassen.

Ich quatschte – hauptsächlich mit Yuri – über das Semester,

das E-Modul, den König Fußball und wir wählten das heißeste Mädel aus unserem Kurs. Aus ganzen drei mussten wir eine wählen.

Yuri begann immer wieder mal, sich mit dem Nerd rechts neben sich weiter zu unterhalten und ich fragte mich dann immer wieder, ob ich mich in ein anderes Gespräch einzumischen wagte. Ein junges Mädel, das Julia bei der Tür nach mir hereingelassen hatte, hatte sich neben mich gesetzt und schien, als würde sie nicht recht in die Runde passen.

„Und? Wos machst du so?", bewies ich mich als Meister des intellektuellen Smalltalks. Yuri unterhielt sich mit dem Nerd über Traktoren.

„Ich studier' mit Julia. Nebenbei mach ich YouTube."

Sehr dezent, das im ersten Satz zu erwähnen, doch sie kitzelte mein Interesse.

„YouTube?"

„Ich mach Poetry Slam.", sagte sie in einwandfreiem Hochdeutsch.

„Und wie heißt du?", fragte ich.

„Carmen.", sagte sie und konnte mein Interesse an ihr nicht wirklich widerspiegeln. Trotzdem grinste ich. Mir fiel nämlich doch ein Witz ein.

„Wieso lachst du?", fragte sie in rauem Ton, „Gefällt dir Carmen nicht?"

Jetzt versuchte ich *ihr* Interesse zu kitzeln. Vorerst.

„Doch, und mir fällt ein Witz zu deinem Namen ein.", sagte ich.

„Okay."

„Willst'n hören?"

„Okay."

Sie war schwer zu begeistern.

„Also, da is a Mann in am ICE und sieht a junge Dame allein in am Vierer sitzen, okay? Er geht hin und fragt: ‚Entschuldigens', junges Fräulein, is bei Ihnen no a Platzerl frei?' Die junge Dame sagt: ‚Ja, freilich' Er setzt si hin und nach na Weile sagt er: ‚Wie heißens' denn?' Und die Frau sagt: ‚Carmen. Aber des is mehr so a Spitzname. I mag halt Autos und Männer.' ‚Aso', sagt der Mann. ‚Wie is Ihr Name?', fragt die Frau. Der Mann überlegt kurz und sagt dann: ‚Bierfotzn'"

Yuri bekam fast einen Herzinfarkt, als er mit einem Ohr den Witz hörte und sich zu uns gedreht hatte. Carmen verzog keine Miene. Sie starrte mich stoisch an und drehte sich etwas weg. Von den anderen lachte auch keiner. Fast keiner. Am anderen Ende des Tisches saß eine Kommilitonin von Julia, die sich ebenfalls amüsierte.

Der Rest starrte mir ein dermaßenes Loch in die Brust, als hätte ich jemandem ins Frühstück geschissen. Und ich war schon zehn Minuten hier.

Ich verspürte den Drang, mich in Luft aufzulösen oder die Zeit zurückzudrehen. Julia kam wieder in den Raum und sah, wie ein Tisch voller Leute ihre Blicke auf mich richtete und wie sich Yuri und ihre Freundin aus dem Managementkurs die Seele kaputtlachten.

Ich für meinen Teil beschloss, für den Rest des Abends nichts mehr zu sagen. Die Blicke wandten sich allmählich wieder von mir ab. Ich sprach mit Yuri noch ein, zwei Sätze über den letzten Bundesligaspieltag, ansonsten saß ich nur da, goss mir ein Bier nach dem anderen den Schlund hinab und hielt den Mund.

Die Veranstaltung war fad und ich war anscheinend nicht der Auserkorene, um die Bude in Schwung zu bringen, weswegen ich auf Yuris Qualitäten oder die des Discopumpers hoffte. Kurz bevor sich mein Puls aus Langeweile zu einer geraden Linie zu entwickeln drohte, passierte dann doch etwas: der Nerd, dessen Lallen mir bei seinen Traktorgesprächen mit Yuri bereits aufgefallen war, presste sich auf einmal beide Hände vor den Mund und rannte Richtung Toilette. Erst wurde es ruhig, danach gab es kein anderes Gesprächsthema mehr am Tisch, solange der arme Knabe auf dem Klo war.

Nach etwa zwanzig Minuten kam er wieder, setzte sich und schlief letztendlich am Tisch ein. Der Discopumper begann, den Nerd zu dekorieren. Mit Bierfuizln und Kerzenwachs und Kronkorken und Luftschlangen, die Julia als Deko auf dem Tisch verteilt hatte. Was haben wir gelacht.

Jeder machte noch schelmisch lachend ein paar Fotos, um

seine Stories oder weiß der Teufel was zu füttern. Es gab nichts Witzigeres. Naja, außer dem Carmen-Witz.

Es dauerte noch etwa eine halbe Stunde, bis Julia, die den Rest des Abends so verlegen ihr Glas umklammerte und immer so halbheimlich diesen Discopumper angrinste, fragte, ob noch jemand Lust hätte, in die Stadt zu schauen. In die Stadt schauen. Das bedeutete in Rosenheim meistens, sich komplett aus der Rüstung zu schießen.

Bis auf zwei der Mädels am Tisch kamen alle mit. Sogar Carmen, die mich keines Blickes mehr würdigte. Sogar der Nerd, der keinen mehr eines Blickes würdigen konnte.

Nach ein paar Minuten erneutem Regenmarsch kamen wir an in einem der Vergnügungsorte des Rosenheimer Lustlebens. Ich hatte das Bazi's vorgeschlagen, meine Stammlokalität, wo wir schließlich dann auch hingingen.

Das Bazi's war im Prinzip nichts Besonderes. Eine dieser Spielunken für Mittzwanziger, die sich irgendwo zwischen Rosenheimer Schickeria und Bauerndisco befand.

Selbst für einen Donnerstag war wenig los. Wir gingen rein und schlängelten uns entlang der raumlangen Bar zu einem der Stehtische auf der anderen Seite.

„Danke, dass du gelacht hast.", sagte ich zu der Kommilitonin Julias, die meinen Carmen-Witz für lustig befand, „Des hat mi gerettet."

Ich redete mit ihr ein, zwei Takte und bestellte mir zwischendurch ein frisches Helles.

Nach einer Weile im Bazi's bewegte ich mich in Richtung Toilette, da ich schon vor einer Weile bemerkt hatte, dass das Thai-Curry vom Mittag mit dem Bier um die Vorherrschaft in meinem Magen zu kämpfen versuchte.

Ich ging in die Herrentoilette und vergewisserte mich vorsichtig, ob jemand drin war, damit ich ungestört mein Geschäft verrichten konnte. Aber auch auf der Toilette des Bazi's war nichts los. Wenn nämlich vorne in der Bar Ebbe war, fand zumindest auf den Toilettenräumen des Öfteren eine ganze eigene schniefende Party statt. Aber nicht an diesem Abend.

Nachdem ich mich von meiner misslichen Lage des Magen bezüglich befreit hatte, zog ich meine Hose hoch, drückte die Spülung und war bereit zu gehen, als mein Handy läutete.

Pippo und ich spielten des Öfteren über diese Quiz-App und mir wurde mitgeteilt, dass ich zu einer Herausforderung in der Kategorie „Menschen & Kulturen" eingeladen wurde. Ich klappte den Klodeckel nach unten, setzte mich und spielte.

Frage 1: Auf welchem Kontinent liegt Papua-Neuguinea?

Ich überlegte.

Plötzlich trommelte jemand an die Toilettenkabine. Ich blickte nach oben, entsperrte die Tür und vor mir stand eine kleine, untersetzte Frau mit dünner blauer Uniform und einem Wischmop in der Hand.

36

Vor lauter Erschrecken rutschte mir die Zunge zurück in den Hals und ich schaute auf mein Handy. Ihre Spielzeit ist abgelaufen. Ach, halt doch die Fresse. Oben rechts über der App sah ich die Uhrzeit: 7:19 Uhr.

Fuck, ich war weggepennt.

„Gruzifix!", schrie ich vor mich flüsternd hin und zwängte mich an der Dame vorbei, die mich ansah wie die anderen am Vorabend, als ich den Carmen-Witz erzählt hatte.

Durch die gerade Bar hindurch bewegte ich mich zum Ausgang der Location. Die Stühle standen alle auf den Tischen, alle waren weg, alles war sauber, die Schuhe klebten nicht mehr am Boden beim Gehen. Von Peinlichkeit berührt passierte ich die Bar, hinter der Yilmaz, der Barkeeper, stand und die Gläser durchwischte. Ich hoffte, er erkannte mich nicht.

„Heeey, Tony Montana! Bist wieder wach?", fragte er mit einem schurkenhaft wirkenden Lachen. Ja, ja. Was haben wir gelacht.

Mich selbst verfluchend verließ ich das Tanzlokal. Ich wollte nur noch zu meinem Auto kommen, nach Hause fahren und schlafen. Die Mechanik-Vorlesung würde ich sausen lassen, sagte ich mir.

Mein Handy klingelte erneut. Julia schrieb mir in wenig freundlichem Ton, warum ich, ohne ein Wort zu sagen, einfach abgehauen war. Freilich.

Ich hatte Kopfweh und mir war schlecht. Und die nach Christ-kindlmarkt stinkende Stadt verbesserte den Zustand nicht wirklich.

Als ich an der Fabrik ankam, fand ich mein Auto nicht. Ich wanderte drei- oder viermal hin und her und musste einsehen, dass ich es wohl nicht mehr finden würde. Natürlich nicht. Es war halt abgeschleppt worden, oder? Zaunmüller, du bist a Depp.

Wieder verfluchte ich mich selbst. Dann schimpfte ich auf Gott. Dann auf die Fabrik. Dann auf Julia, auf Carmen, auf Ahn, auf das bargeldlose Zahlen. Auf den Regen, auf Weih-nachten, auf Yilmaz.

Ich ging rüber zur Hochschule und sah im Foyer das Schild mit „Weißwurstfrühstück", das jemand mit geschwungener Kreide auf die Tafel geschrieben hatte. Ich überlegte kurz, dann fiel mir ein, dass ich ja meinen Ausweis nicht finden konnte, also konnte ich keine Weißwürst bezahlen.

Doch selbst in den dunkelsten Stunden tat sich Licht auf: Yuri marschierte durchs Foyer und grinste winkend. Oder winkte grinsend.

„Schaust ned gut aus, Toni. Hol ma uns a paar Weißwürst?"

„I hab keinen Ausweis. Und du bist a kein Adonis heut in da Früh."

„I lad di ein."

Im Gegensatz zum Vortag war diesmal nichts los. Ich holte mir auf Yuris Nacken zwei Weißwürst mit süßem Senf und einer Brezn, ein Weißbier ließ ich erstmal weg. Zwei Hände verdeckten von hinten meine Augen. Ich hoffte, es war der Leibhaftige, der mich endlich von diesem Planeten runterholte.

Wie ich vermutete, war es Ahn, und nicht Julia. Er deutete auf einen der Tische und Yuri und ich folgten ihm.

„Wo warst du gestern auf einmal?", fragte Yuri.

„Frag ned."

„Naja, hast a nix verpasst.", sagte er und biss ein großes Stück von seiner Brezn ab.

„Nix?", fragte ich und versuchte mich in verschleierter Form nach Julia zu erkunden. Ich sollte meine Antwort bekommen.

„Die Julia is mit dem Louis abgehauen."

„Mit wem?"

„Dem Aufgepumpten da."

„Zefix.", fluchte ich. Die Ärgernisse über mein Auto und meinen verlorenen Ausweis und meine peinliche Übernachtung auf der Klokabine dämpften jedoch den Ärger über Julia und den Discopumper.

Nach ein paar Minuten und ein paar Weißwürst fing ich an, mich zu beruhigen. Was war das Schlimmste, das passieren konnte? Ich biss von meiner Brezn ab und dachte darüber nach, dass ein Thailänder gerade mit zwei Oberbayern ein Weißwurstfrühstück machte. Welch eine Ironie.

Herr Maierhofer

„Pippo?", fragte ich zum verfickt dritten Mal.

„Toni?", hörte ich es kratzig und verzerrt von der anderen Seite der Leitung.

„Kannst du jetzt mal irgendwo hingehen, wo a Empfang is, Gruzifix?"

„Toni?"

„Ja, jetzt."

„Der da drin sagt, er hat keine Pizza für uns."

„I hab doch angerufen."

„Er sagt, er hat keine Bestellung für Zaunmüller."

„Ach so, ja. I hab auf Maierhofer bestellt."

„Wieso?"

„Welcher normale Mensch bestellt denn Pizza auf sein' echten Namen?", fragte ich völlig überrascht.

„I. Zum Beispiel so…"

„Welcher *normale* Mensch…", fragte ich nochmal langsam zum Mitschreiben, „…bestellt denn Pizza auf sein' echten Namen?"

„Wos is eigentlich mit dir?"

„Wos? Die merken si doch dein' Namen. Wenn du di einmal beschwerst oder so, gibt's bei da nächsten Bestellung ‚Beilagen', wenn du verstehst, wos i mein'."

„Toni… Leck mich. Und geh mal zum Arzt oder so.", brachte Pippo das Gespräch zu Ende, „Bin glei wieder da."

Ich legte auf und ließ mein Handy auf den Tisch vor mir schlittern, über den sich gerade Diskussionen über die Wahrheit über die Mondlandung, den Nahostkonflikt, den Heiligen Jesus und Severins neue Nachbarn in der Erlenau, die ihren Sohn unautoritär erzogen, entbrannt hatten.

Während nämlich Pippo versuchte, uns mit italienischer Kulinarik zu bescheren, saß ich zusammen mit Severin, Yuri und dem Typen, der sich selbst die Haare schnitt und immer dieses Dosenweißbier mit Grapefruit-Geschmack trank, im Foyer des Q-Baus. Vor uns lagen ordnerweise Bode-Diagramme, Karteikarten mit Reglersystemen und Taschenrechner, die schon zu rauchen begannen.

„Hast du schon ein Praktikum?", fragte Severin den Typen, der an sich selbst Hand anlegte. Also, die Schere.

„Ja, bei Schuster und Freiberger. Architekten."

„Du, Toni?", drehte Severin seine Runde weiter.

„Na, da kümmer' i mi drum, wenn der Scheiß vorbei ist.", sagte ich und deutete nickend auf die Ordner. In Wirklichkeit schob ich es mal wieder vor mir her.

„Toni", fragte Yuri, „Kommst heut' Abend vorbei? Beer Pong?"

Eher meine Kragenweite, dachte ich. Auch wenn ich Beer Pong nicht mochte.

„I spiel kein Beer Pong.", sagte ich.

„Wieso?"

„Wieso? Wos is des für a Frage?", setzte ich an, „Vielleicht bin i a altmodischer Typ, der sich gern unterhält oder Witze macht, wenn er irgendwo beieinandersitzt. I muss mi doch ned mit so am Blödsinn ablenken. Pokern, Chicago, Watten, Hudeln, okay. Aber der ganze andere Mist mit Mäxchen und 21 und Ring of Fire und Buffalo... Hör mir auf. Und Beer Pong is einfach nur scheiße."

„Wieso is Beer Pong scheiße?", hakte Severin nach.

„I check den Sinn dahinter ned."

„Der Sinn is Saufen. Wie bei jedem anderen Trinkspiel a."

„Dann is bei der Entwicklung von dem Spiel irgendwos falsch gelaufen.", meinte ich und erhielt fragende Blicke zurück.

„Weil, mal ganz ehrlich...", fuhr ich fort, „Erstens: bei jedem Beer-Pong-Turnier is irgendein Regelfanatiker dabei, der jedem aufn Sack geht. Ellbogen, Island, Trick Shot, bla bla bla. Und zweitens, viel schlimmer: bei dem Spiel is ja Trinken a Strafe. Man trifft mit dem Ball da in' Becher und der andere muss trinken. Und eigentlich sollte des ja a Belohnung sein, oder?"

Yuri und Severin sagten nichts, die Mundwinkel bogen sich vermehrt nach unten. Der Typ, der sich selbst die Haare schnitt, glotzte auf sein Smartphone.

„Wenn i also trinken *darf*, wenn i treff, dann können wir weiterreden."

„Toni", lachte Yuri mehr, als er denn sagte, „Bei jedem Trink-spiel is des Trinken die Strafe. Und Pokern, Hudeln und Wat-ten sind keine Trinkspiele."

„Vielleicht hast' recht.", gab ich nach, „Aber i hab morgen a Vorstellungsgespräch, also kann i ohnehin ned."

Pippo kam wenig später herein und brachte einen Stapel hei-ßer Pizzaschachteln. Wir schnitten die Pizzen mit den Geo-dreiecken oder Haustürschlüsseln in Viertel oder Achtel und quatschten weiter und lachten.

Zwischendurch wurde ich meist still und fragte mich inner-lich, woher ich mir überhaupt den Luxus nahm, Pizza zu be-stellen. Neben der selbst attestierten unfreiwilligen Vernach-lässigung meines Studiums wurde nämlich das bisher ersparte Para langsam knapp. Mein Kontostand glich mit seinen gan-zen Nullen der Reservemannschaft des benachbarten Dorffuß-ballvereins. Die Moscow Mules, die Drinks für das hübschere Geschlecht und der Online-Zugang für diverse Kriegsschlach-ten waren eben nicht für lau. Und Pizza von Paolos ohnehin nicht. Eine weitere Sache, die sich langsam im Hinterstübchen bei mir aufstaute.

Und da sich ein Banküberfall nicht mehr rentierte und meine selbstgemachte Limonade nicht schmeckte, kam es somit dazu, dass ich mich für einen regulären Studentennebenjob be-warb, für welchen ich am darauffolgenden Tag bei einem Be-werbungsgespräch antanzen sollte. Genauer gesagt handelte es sich um einen Nebenjob in einer Herrenboutique am Max-Josef-Platz, der ein paar Wochen zuvor in einer Anzeige des lokalen Rosenheimer Käseblatts, das in seiner Printversion gerade einmal gut genug war, einem Obdachlosen als Windel zu dienen, angepriesen wurde und auf den ich mich daraufhin bewarb.

Ich wurde müde von der Pizza und die Nervosität bezüglich des anstehenden Bewerbungsgesprächs ließ mich unruhig werden. Die Regelungstechnikgaudi verstand ich von Anfang an nicht.

Es war ungefähr eins Mittag und ich sagte, ich ginge nach Hause, denn ich hätte noch Wäsche zu erledigen. Oder irgendetwas anderes, ich weiß nicht mehr.

Geschlaucht vom Leben und allem anderen schliff ich meine Beine zum Auto, stieg ein, zündete mir eine Zigarette an und hörte mir ein paar Songs von Brian Protheroe an. Mein Telefon klingelte und da ich gerade an einer Ampel stand, ging ich ran. Ansonsten wär ich wahrscheinlich auch rangegangen. Keine Ahnung.

„Ja?", antwortete ich schnell. Den Blick nahm ich nicht einmal von der Ampel.

„Herr Maierhofer?", sagte einer mit Akzent.

„...ja?", antwortete ich vorsichtig.

„Hier ist Antonio."

„Servus!", rief ich beinahe.

„Antonio von Café Paolo."

„Scho klar."

Gar nicht klar.

„Wir haben einen Geldbeutel gefunden. Ich glaube, Sie haben den bei der Abholung vergessen. Aber der Ausweis sagt… Philipp…"

„Ja, ja. Des passt scho. Der gehört zu mir. I hol ihn glei ab."

Ich legte auf und manövrierte mein Gefährt zum Café Paolo, wo ich am Eingang ein Schild sah, dass eine Aushilfe gesucht wird.

Es war mir ein Volksfest

„Im dritten Viertel hatten die Rosenheimer dann ein Power Play."

Ich hörte den Schwachkopf, der sich eine Doppelhaushälfte neben Michis Haus gekauft hatte und mal so zum Hallo sagen reinschneite, zu, und überlegte, was mich mehr zum Kotzen brachte: die überschüssige Plörre vom Vorabend, die sich in meinem Magen noch immer breitmachte, oder die Tatsache, dass ein Akademiker Mitte fünfzig aus Rosenheim nicht wusste, dass Eishockey in Dritteln gespielt wird. Sogar in der Vorbereitung, mein Freund.

Ich saß gerade an Michis Tisch und schaufelte gabelweise das Rührei in meinen Mund. Die Träger meiner Lederhosn hingen seitlich den Stuhl runter und mein Schädel dröhnte dermaßen, dass sich die Chinesen noch darüber beschwerten.

Von der Terrassentür neben der Küche schwallte der Small-talk, dessen Augen auch keine längere Schonzeit als drei Stunden ertragen durften, und seinem neu zugezogenen Nachbarn zu mir rüber ins Esszimmer.

Der Grund, warum ich überhaupt an diesem Sonntag in nach kaltem Aschenbecher, verflogenem Gaultier Le Male und abgestandenem Bier riechenden Trachtenklamotten in Michis Esszimmer saß, war, dass ich es nach dem letzten Abend nicht mehr ganz nach Hause geschafft und auf Michis Couch campiert hatte.

Es war nämlich wieder Herbstfestzeit in Rosenheim. Eine Zeit, von der ich mittlerweile nur verstehen kann, wenn Leute sie meiden.

Etwa vierundzwanzig Stunden zuvor war ich morgens aufgewacht, zückte mein Smartphone und checkte meinen begrenzt abonnierten Social-Media-Kanal, wo es nur so wimmelte von Hashtags und Stories rund um den alljährlichen Beginn der #wiesn. Und damit meine ich nicht die massenanziehende Touristenattraktion in München, wo sich sechzehn Tage im Jahr knipsende Asiaten und grölende Engländer gegenseitig die Brathendl über die Lätze kotzen, sondern das Rosenheimer Herbstfest, was von der Bevölkerung des Voralpenlandes ebenfalls gerne als Wiesn bezeichnet wird. Besonders kultivierte Zeitgenossen mit Hang zur Poesie nennen es gerne metaphorisch die „fünfte Jahreszeit".

Egal, ich welche Richtung ich sah, meine App war voll mit Gesichtern, die sich vor ihren hochgeladenen Fotos mit gleichwertigen Glücksrittern um einige der letzten freien und nicht-reservierten Biertische in den beiden Zelten zu prügeln hatten. Und auch Michi, Hans und ich gehörten zu einigen jener Glücksritter, die sich um fünf Uhr abends schließlich noch dazu entschlossen, das jährliche Herbstfest zu besuchen.

Um. Fünf. Uhr. Abends.

Ein Himmelfahrtskommando.

Um diese Uhrzeit einen Sitzplatz für drei Leute an einem der nicht reservierten Tische auf dem Rosenheimer Herbstfest zu finden, an einem Samstag, ist in etwa so, als würde man versuchen, die Zentrale der deutschen Bundesbank mit einer Steinschleuder zu überfallen. Wir versuchten es dennoch und nach einer zeitintensiven Suche hatten wir letztendlich sogar Glück.

Der Rest des Abends verlief recht schnell und unübersichtlich. Irgendwann verloren wir Hans, Michi wurde aus einer Bar geschmissen wegen... Ach, keine Ahnung.

Nach ein paar Minuten jedenfalls – um nun den Bogen wieder zu meinem Rührei zu spannen – kam Michi zurück, setzte sich an seinen Teller und versuchte ebenfalls, sein Rührei möglichst ohne katerbedingten Auswurf zu beenden. Sehr langsam führte er eine Gabel nach der anderen zu seinem Mund, bis er schnaufend aufgab, die Gabel auf den Teller legte und erschöpft fragte: „Toni, magst an Witz hören?"

„Michi...", setzte ich an und schnaufte erschöpfend eine Portion Abneigung aus, „...selbst wenn dei Witz an Welthunger beenden, den Roten die Champions League holen und mir an lebenslangen Vorrat an Marlboro Gold, Benzin, Bifi Roll und Chocomel bringen tät', würd i keinen Witz von dir hören wollen."

„Oida.", erschrak Michi, „Wieso ned?"

Wieso nicht, fragte er. Ich atmete tief durch. Der Moment der Wahrheit. Vielleicht ginge nun eine lange Freundschaft drauf, dachte ich. Schließlich ist es, wenn man jemandes Humor kritisierte, als machte man sich über seinen Musikgeschmack lustig oder beleidigte seinen Familienstammbaum bis zur Zeit von Karl dem Großen zurück. Aber es musste sein. Ich kannte Michi nun seit dreizehn Jahren und ich hatte seine schlechten Witze satt.

„Michi, ohne Scheiß jetzt mal. Deine Witze sind scheiße. Es… es tut mir echt leid, Oida. Aber lass es einfach. I fand glaub i no ned *einen* Witz von dir ansatzweise lustig. Manche können's halt ned. Des is ja in Ordnung. Bei mir zum Beispiel: letzte Woche war doch mein Fernseher kaputt, hab i dir erzählt. Und wos hab i gemacht? I hab des Ding zum Richten gebracht. Und weißt, warum?"

„Warum"

„Weil i a technische Wildsau bin. I bin handwerklich absolut unbegabt und deswegen lass i die Finger davon. Und so is des bei dir mit de' Witz'. Du bringst es einfach ned, Mann. Nix für ungut."

Er sah mich intensiv an. Die Sekunden fühlten sich an wie Stunden. Sein Blick wirkte klar und kalt. Ich wusste nicht, was kommen würde, aber ich wusste, dass es schlimm werden würde.

„Fick dich.", sagte er, „I erzähl ihn trotzdem."

Ich war wohl wenig überzeugend.

„Also", setzte er an und versuchte noch stärkere Kopfschmerzen bei mir, „Wos sagt a Katz', wenns' in Spiegel schaut?"

„Miau?", riet ich.

Wenn man nämlich eine Scherzfrage errät, verliert der Witz etwa achtzig Prozent seiner Gewichtung und der Erzählende hört vielleicht endlich damit auf, mir dauernd solche Scheißfragen zu stellen.

„Luchs good."

Michi schmiss sich weg. Und das war noch untertrieben. Sein Kopfweh, seine Übelkeit, über die er sich bis zur Ankunft seines Sportfachmanns von Nachbarn bei mir beschwert hatte, schienen wie verschwunden zu sein. Es hielt ihn kaum auf der Eckbank, so hart lachte er. Ich dagegen überlegte, woher ich denn um diese Uhrzeit eine .44 Magnum in Rosenheim auftreiben konnte, um mir den Schädel wegzublasen.

Ich stand also auf, nahm mein Trachtenleibe – mein Leibchen – das auf der anderen Seite des Tisches auf der Stuhllehne hing, zog es mir über und sagte Michi, dass ich nun gehen würde. Der allerdings lachte immer noch laut unter den Tisch und hörte augenscheinlich gar nicht richtig zu.

Gerade, als ich zum Flur, welcher mich zur ersehnten Haustür führen sollte, gehen wollte, klingelte ein Handy. Michi lachte immer noch, spitze Tränen liefen seine Wangen hinab. Wegen eines selbsterzählten Witzes, ich konnte es nicht fassen.

Lange und ruhig schaute ich ihn an.

„Willst ned mal rangehen?", fragte ich. Das Handy läutete weiter.

„Meins...", begann Michi, bevor er noch ein paar Takte stotternd hinterherlachte, „Meins is des ned."

„Meins a ned.", sagte ich und fragte mich gleichzeitig, wieso ich mich über den Scheiß überhaupt kümmerte.

„Es klingelt doch aus deiner Hose.", meinte Michi in einer seiner kurzweiligen Lachpausen.

„Luchs good!", sagte er dann hinterher und startete eine erneute Lachtirade, „Also wirklich."

Ich holte mein Handy aus der Hosentasche und drehte es mit dem Display zu mir auf. Am Klingelton hatte ich eigentlich schon erkannt, dass es nicht meins war. Und als ich das schwarz gebliebene Display sah, war ich hundertprozentig sicher. Doch das Klingeln ging nahtlos weiter, auch wenn mein Handy keinen Anruf anzeigte. Nur einen beachtlichen Akkuladezustand von drei Prozent und eine Nachricht von Hans, der mir am Vorabend geschrieben hatte, als sich unsere Wege unfreiwillig in den Wirren der Feierlichkeiten getrennt hatten, dass das Bazi's ziemlich voll wäre un der jetzt heomn gehen würf weil er müde Wurst.

Aber es klingelte und klingelte. Irgendwo an meinem Körper. Nicht da, wo ich es wollte. Aber irgendwo. An der Innenseite meines Trachtenleibes erfühlte ich etwas Hartes und Kantiges. Wer jetzt glaubt, es handelte sich dabei um den Beau Sancy oder den Heiligen Gral, den muss ich an dieser Stelle leider enttäuschen.

Als ich nämlich hineingriff, zog ich tatsächlich ein mir unbekanntes Smartphone heraus, das gerade einen Anruf von Schatz erhielt.

Ich überlegte. Ich kannte mal einen Schatz, der war mehr oder weniger ein paar Jahre in derselben Jahrgangsstufe wie ich in der Realschule gewesen und hatte sich zu der Zeit auf dem Pausenhof als semiprofessioneller Breakdancer etabliert. Ja, genau. Benny Schatz. Aber was würde der denn wollen?

Ich hob das Telefon und in etwa die Höhe meines Gesichtes und drehte mich zu Michi, der sich wieder etwas beruhigt hatte. Auch er las vom Display ab.

„Wer is Schatz?", fragte er mich.

„A Breakdancer aus der siebten Klass'", antwortete ich etwas perplex, den Blick noch immer nicht vom Display genommen, „Aber i glaub', des is er ned."

„Wos?"

„Wurscht. Wem gehört des?", fragte ich.

„Ja, i schätz mal… dir. Oder?"

„Na.", erwiderte ich, „Meins is in da Hosentasche."

Ich zog mein Handy nochmal raus und zeigte es Michi.

„Wo hast du des dann her?"

„War in meinem Leibe."

„Zeig mal her."

Der Anruf war mittlerweile abgebrochen worden. Ich händigte Michi das Telefon. Er drehte es in der Hand und betrachtete es konzentriert, so als würde er nach Indizien auf der Außenhaut des Gerätes suchen. Dann drückte er den Home-Button. Und ein Feld mit Zahlen poppte auf.

„Wos is da Code?", fragte er mich.

„Woher soll i den Code kennen? Glaubst du i kenn sämtliche Codes von allen Handys auf dem Planeten?"

„Is ja gut.", sagte Michi, „Vielleicht 1234?"

Er tippte 1234 ein.

„Shit."

„War ja klar. 5786.", schlug ich vor.

Natürlich ist klar, dass rein stochastisch gesehen zehntausend Zahlenkombinationen möglich wären. Aber wir hatten eh nichts zu tun.

„Na, a ned. 0. 0. 0. 0.", meinte Michi abgehangen, nach jeder Null den Daumen schwingend.

„47...", probierte ich mich erneut, nachdem es 0000 selbstverständlich nicht gewesen war, „...36."

„Nope. Vielleicht 1111?", fragte er und blickte zu mir rüber.

„I glaub' kaum, dass jemand so an Code hat.", meinte ich, optimistisch wie eh und je.

Als erstes checkten wir Kontakte, Mails, die Anrufliste und Angry Birds nach Informationen über den Besitzer ab, nachdem wir das Gerät tatsächlich mit 1111 entschlüsseln konnten.

Wir fanden nichts. Nichts. Kein Social Media, bis auf Schatz keinerlei Anrufe.

Die paar Kontakte gaben lediglich die Namen Schatz, Mama und Ghost her. Übersetzt also die Freundin oder der Freund, die Mutter und der Drogendealer. Keinerlei handfeste und brauchbare Namen wie Hans Herfortner oder Seppi Brunnhofer, mit denen wir etwas anfangen hätten können. Wir überlegten, wie wir weiter vorgingen.

„Wir könnten des Handy ja erstmal für unsere Zwecke nutzen.", meinte Michi in relativ ernstem Ton zu mir und ich verstand unterbewusst, dass wir nun erneut versuchen würden, die Weltherrschaft an uns zu reißen.

„Okay.", willigte ich zustimmend ein, eingehüllt und gefangen von seinem diabolischen Vorhaben.

Michi stellte das Telefon auf Lautsprecher und wählte die Nummer von Pfarrer Röhrer. Ich frage mich jetzt hier gerade eigentlich, wie er damals die Nummer auswendig wissen konnte.

„Ja, Röhrer?", ertönte eine raue und alte Stimme, wohl noch gereizt von der morgendlichen Predigt.

„Entschuldigen's Herr Röhrer. Läuft ihr Kühlschrank no?", fragte Michi.

„Ja?"

„Dann würd i den mal einfangen."

Michi legte auf. Ich dachte, ich bekäme einen Herzinfarkt. Das

letzte Mal, als ich bis dato so gelacht hatte, war als Homo erec-
tus – so nannten wir einen auf der Realschule aus der Parallel-
klasse, der aussah wie ein Höhlenmensch – in der großen
Pause versucht hatte, mit einem Feuerzeug seinen Furz anzu-
zünden und versehentlich den Altpapiercontainer in Brand ge-
steckt hatte.

Michis damalige Freundin – Sandra oder Sarah oder so – ging
augenrollend durchs Esszimmer zur Terrasse und an uns vorbei und meinte nur, dass wir äußerst erwachsen wären, da wir
mit einundzwanzig noch Telefonstreiche beim Dorfpfarrer
spielten. Wir beachteten diese Form des Neides gar nicht erst
und begannen, noch ein paar Leute anzurufen. Natalie hieß sie,
ja genau.

Wir riefen bei der Stadtverwaltung in Wesel an und fragten,
wie ihr Bürgermeister hieß, wir riefen beim Statistischen Bun-
desamt an und fragten, ob es wirklich nur einen Rudi Völler
gab, wir fragten in der Bank in der Prinzregentenstraße nach
einem Kredit für unsere Geschäftsidee, die darin bestand, „Essen auf Rädern" neu zu definieren: ein Restaurant, wo man
anstatt von Tellern von Autofelgen aß.

Zugegeben, die Grenzen unseres Humors waren längst ausge-
schöpft und letzterer Anruf war ein ernst gemeinter. Ich empfand zumindest so.

Michi nahm sich die Sache dann noch mehr zu Herzen und rief
in der Hauptgeschäftsstelle seiner Sechziger an und fragte, ob

sie wirklich in die dritte Liga absteigen wollten, wenn sie so weiterspielten. Ich hatte bis dahin ohnehin geglaubt, die wären in der Dritten.

Die Lacher waren schon länger abgeflacht und ich sah mich bereit, die Sache nun ruhen zu lassen.

„So, jetzt bist du mal dran.", meinte Michi und hob mir das Telefon vor die Nase.

„Und wos soll i jetzt no machen?", fragte ich.

„Lass dir wos einfallen."

„Soll ma... vielleicht... wenn du magst... an irgendwen a Schwanzbild schicken? An Ghost vielleicht?", war mein zögernder Vorschlag, keine Ahnung warum.

„Toni", setzte Michi beinahe vorwurfsvoll an, „Wieso hat bei dir alles Lustige immer mit Schwanz oder so zu tun?"

„Keine Ahnung. Is des schlimm?"

„Also, direkt normal is des jetzt ned."

„Oida, du erzählst irgendwelche Luchs-Witze!"

„Des war a Katzenwitz! Aber is doch scheißegal jetzt. Fotografier deine Klöten und schick's zum Ghost."

„I? Ned mal vielleicht.", reagierte ich prompt, „Wenn, dann machst du des."

„I hab beim Pfarrer angerufen. Und bei den anderen a."

Wenn man ehrlich war, war das Ganze zu jener Zeit ja schon längst kein Problem mehr, wie mir umgehend auffiel. Umsonst hatten wir einen kleinen Disput gestartet. Wir googelten kurzerhand und konnten aus einer ausgereiften Auswahl seelenruhig einen Schwanz für das Bild an Ghost auswählen. Länge, Farbe, Krümmung, Beschneidung. Vorsichtig musterten wir die Suchergebnisse und wählten vorsichtig was aus. Jedes Mal, wenn Sarah oder Sandra vorbeiging, sperrten wir kurzerhand das Display, um nicht in Erklärungsnot zu geraten. Natalie. Dann warteten wir ab, bis sie weg war, und machten uns wieder auf die Suche.

Letztendlich hatten wir einen netten gefunden und ich begann da erst, mich zu fragen, wer denn jemals auf die Idee gekommen war, einem Mädel so ein Bild mit der ernsthaften Hoffnung auf Erfolg zu schicken. Ich glaube kaum, dass es in der Welt da draußen eine Frau gibt, die auf die Frage der Kinder, wie sie denn deren Vater kennengelernt hatte, antwortet, dass sie eines Tages ein liebevolles Dick Pic von deren Erzeuger erhalten und sich unendlich verliebt hatte. Aber in einer Welt, wo es unserer Spezies ohne strafrechtliche Verfolgung erlaubt ist, scharfen Senf auf eine Leberkässemmel zu schmieren, ist alles möglich.

Ich sendete also das ausgewählte Bild an Ghost und wir konnten beide nicht mehr. Das letzte Mal, als ich bis dato derart gelacht hatte, war, als Michi bei Pfarrer Röhrer anrief und fragte, ob sein Kühlschrank noch läuft.

Zur Feier brachte Michi zwei Konterhalbe an den Tisch und

als ich des Bieres wegen die Uhrzeit checkte, merkte ich, dass es bereits schon wieder Abend geworden war.

Wir stießen an, lachten noch ein bisschen, qualmten eine, ratschten, tranken das Bier, rauchten noch eine. Das Handy lag neben uns leblos auf dem Tisch und war recht schnell vergessen. Michi erzählte noch ein, zwei Witze, wir holten uns noch ein Bier und putteten ein paar Golfbälle durch seinen Garten.

Plötzlich, als wir uns wieder nach drinnen an den Tisch gesetzt hatten und unsere kurz zuvor bestellte Pizza ins uns reinschoben, erleuchtete das Display und das Handy gab wieder diesen nervigen Klingelton von sich. Ghosts Name wurde angezeigt. Michi schaute mich an. Ich konnte nicht erkennen, ob er gespannt, verängstigt, nervös oder innerlich erfreut war.

„Soll ma rangehen?", fragte ich vorsichtig.

„Geh du, is dei Mission.", forderte er mich verlangsamt kauend auf.

„Okay.", schluckte ich und bekam langsam etwas Panik, „Des no und dann bringen wir des Scheißding zum Fundbüro."

Ich legte mein Slice weg. Meine Hand bewegte sich langsam zum Telefon hin. Die letzten Zentimeter zögerte ich, dann griff ich jedoch schnell zu, wischte mit dem Daumen nach rechts und nahm den Anruf entgegen.

„Ja?", fragte ich. Meine Lippen bebten ganz leicht.

„Sag einmal! Bist du völlig behindert, oder was?", ertönte eine laute Stimme. Meine Lippen bebten stärker. Schließlich war der Kerl Drogendealer und würde sonst was mit uns anstellen, wenn er uns auf die Schliche kommen würde.

„Ghost…", begann ich mich rauszureden, „I hab dir des nur geschickt, weil i… weil i… weil i aus da Zukunft komm und wir uns 2035 getroffen haben… 2036…"

Michi drehte fragend einen seiner verschränkten Arme auf und schüttelte mit dem Kopf.

„Was redest du für eine Scheiße!?", schrie Ghost, „Pass bloß auf, du. Das wird dir leidtun!"

Bevor der Anruf zu Ende gehen würde, versuchte ich noch, das Ganze in etwas Positives umzumünzen.

„Äh, Ghost… wo i di scho mal am Hörer hab: wos kost' bei dir as Gramm so üblicherweise? Also, Gras jetzt…"

Ghost legte auf und ließ mich mit dem getakteten Piepton alleine zurück.

„Aus der Zukunft?", fragte Michi und begann abermals laut zu lachen.

„Hat *di* scho mal wer wegen am Dick Pic konfontiert?", eröffnete ich meine Verteidigung.

„Na."

„Na, also.", sagte ich und beendete den Dialog fürs Erste. Zum Lachen war mir nicht recht zumute.

Ich trank mein Bier schnell aus, ließ den Rest meiner Pizza stehen, packte nochmal mein Zeug und verabschiedete mich.

„Soll ma heut nochmal ausrücken?", fragte Michi, als ich bereits in der Tür stand.

„Wann?"

„Jetzt dann."

„Oida…"

Natürlich gab es immer diese Experten, die es Jahr um Jahr versuchten, sechzehn Tage Wiesn durchzustehen. Auch wir hatten es schon probiert. Spätestens nach Tag vier war allerdings immer Schluss. Unsere Körper machten meistens mit, der Geist auf jeden Fall, aber unsere Geldbeutel meckerten meistens, wenn nach neunzig Stunden Katastrophenfall die EC-Karte wieder durchgehend glühte.

„Überleg's dir halt. I hab morgen frei."

Ich überlegte es mir halt und machte mich auf die Socken. Mit immer noch versteinerter Mimik bezüglich der Gedanken an Ghost und Telefonstreiche und Zeitreisen.

Ich hielt mich mehr auf den Beinen, als ich denn ging, und hatte einen leeren Kopf. Eine nicht gänzlich optimale Ausgangslage, wenn man versucht, sich auf einen erneuten Herbstfestabend zu freuen. Ich wanderte die Straße unseres Voralpenkiezes hinab.

In der spärlich angerichteten Tracht fror mich etwas und ich hörte den klappernden Geräuschen meiner Haferlschuhe bei jedem Schritt zu.

Als ich die Küpferlingstraße runterging, läutete mein Handy.

Diesmal wirklich meines.

Es war Hans. Der wollte höchstwahrscheinlich wissen, was abends zuvor passiert war.

„Toni?"

„Ja?"

„Bist du daheim?"

„In na Viertelstund'. Warum?"

„I muss mein Handy holen bei dir."

„Hans, ned, dass i dei Illusion jetzt zerstör, aber du rufst mich gerade von deinem Handy aus an."

„Ned des. Mei Firmenhandy."

„Firmenhandy?"

„Ja.", sagte Hans mit sinkender und besorgt wirkender Stimme, „I bin doch nach da Schicht gestern glei zu dir zum Vorglühen."

Mein Blut gefror, mein Blick wurde starr.

„I muss morgen wieder hackeln, da brauch i des.", fügte er an.

„Okay.", antwortete ich und merkte, wie mein Gesicht in einer ungesunden Röter versank, „Sicher, dass des bei mir is?"

„I glaub scho. I hab's dir gegeben, als wir bei dir in da Wohnung waren. Damit i's ned verlier."

„Oh, Mann."

Beschämt stellte ich fest, dass mir nicht mehr als das einfiel. Ich strich mir die Haare nach hinten.

„Shit. Oder hab i des woanders liegen lassen?", unterbrach

Hans meine tausend Gedanken.

„I glaub, du hast des wieder eingesteckt, wenn i mi recht erinner.", log ich ihn an. Der Leibhaftige würde nach mir suchen.

„Fuck, Mann. Da Ghost bringt mi um."

„Da Ghost?", fragte ich.

„Ja, mei Chef."

„Arbeitest du bei am Drogendealer?"

„Hä? Na. Beim Gartner, Feinmechanik. Am Gartner Christoph gehört die Firma, am Ghost. Du kennst den doch."

„Ach, der.", ging mir ein Licht auf, „Gartner. Ghost. Christoph. Klar. Is des ned der, der aufm Panger Volksfest damals aufn Tisch gekraxelt is und da Bedienung an nackten Arsch gezeigt hat?"

„Keine Ahnung, Toni.", winkte Hans beinahe apathisch ab. So hörte es sich zumindest an.

„Des war 2010 oder so."

„Toni, keine Ahnung. I brauch mein Handy."

„Ach so, ja.", fing ich mich wieder, „Also, bei mir is es glaub i ned. Aber i schreib dir, wenn's da is."

„Alles klar, Toni. Danke. Bist a guter Freund."

„Jop. Ciao."

Mehr fiel mir wieder nicht ein.

Ich nahm das Smartphone, sah rechts und links über meine Schulter und ging zu einer Mülltonne auf der anderen Straßenseite. Ohne es nochmals anzuschauen, warf ich es weg. Folienplastik gehört übrigens zum Wertstoffhof, wem auch immer die Mülltonne gehörte.

Dann ging ich im warm-gelben Licht der Laternen die Straße hinab, herbstfestgemäß zog ein Regenschauer auf. Und ich dachte daran, wieder auf die Wiesn zu gehen und so zu tanzen, dass Schatz auf mich stolz wäre.

Steeze und Schönheit

Die ganze Nacht über träumte ich von irgendwelchen Fabelwesen, von süßem Senf und von Klausuren. Mein alkoholbetäubter Schlaf wurde jedoch abrupt gestört von einem Schütteln und Wackeln. Unfreiwillig wurde ich vom Ausruhen einer langen und harten Nacht in das eher unbeliebte Zwischenstadium des Halbschlafs katapultiert, was ich mir natürlich erst im Nachgang so zusammenreimen konnte. Doch da dieser Zustand anscheinend immer noch nicht reichte, bekam ich – noch im Bett liegend – eine ordentliche Dusche, produziert mittels eines handelsüblichen Trinkglases.

Ich schreckte auf und begutachtete schwerfällig meine Umgebung. Das Zimmer, das Bett, die Wände. Das alles kam mir bekannt vor und doch wieder nicht, ich konnte allerdings nach einigen Sekunden mit Sicherheit sagen, dass ich zuhause war. Ich musterte weiter meine Umgebung und sah neben mir meine Freundin – falls wir an diesem Punkt bereits so weit waren, das Wort zu verwenden –, wie sie wutentbrannt mit einem leeren Glas in der Hand zu mir runterblickt und sofort beginnt, den Schallpegel des Raumes um ein Vielfaches in die Höhe zu schrauben.

„Steh auf!", schrie sie und es schallte gewaltig in meinen Gehörmuscheln, „Wir müssen in einer halben Stunde im Paolo sein! Wo warst du gestern überhaupt schon wieder?"

Mein Gehirn wusste noch nicht recht mit dieser Flut an Informationen und Vorwürfen umzugehen, war mir doch die bekannte Umgebung zunächst noch unbekannt und musste ich geradewegs schmunzeln, als ich entdeckte, dass ich noch immer betrunken war. Zwar durch einen stechenden Kopfschmerz und eine sich aufbauende Packung Übelkeit etwas gedämpft, doch immer noch ein herrlich seltsames Gefühl.

„Schatzi, jetzt beruhi' di. Wos machen wir denn beim Paolo?", versuchte ich die Situation etwas zu entschärfen, unwissend, dass ich versehentlich einen gottverdammten Feuersturm gezündet hatte.

„Was!? Sag mal, willst du mich jetzt komplett verarschen? Hochzeit? Joel? Das ist jedes Mal das gleiche mit dir. Und dein ‚Schatzi, beruhig di' kannst du dir schenken!"

Ich runzelte die Stirn, drehte mich zum Aufstehen um, immer noch der Auffassung, mir keinerlei Schuld bewusst zu sein, und setzte mich auf die Bettkante. Hart schnaufte ich einmal aus und dachte darüber nach, wie sehr es mich nervte, wenn sie meinen oberbayerischen Akzent nachäffte. Diese Sprachbarriere erkannte ich bereits bei unserem ersten Treffen im Rosenheimer Nachtleben als möglichen Brandherd, doch war ich damals von ihrem fabelhaften Aussehen und meiner daraus folgenden Gier nach ihr geblendet.

Ich dachte kurz an diesen Moment, als ich sie zum ersten Mal sah. Mit ihrem Steeze und ihrer Schönheit fiel sie in der von

Alkoholikern und Dorfburschenschaftlern besiedelten Berserker Bar auf wie eine Gummipuppe im Kloster. Ihr whiskeybraunes Haar glänzte und ihre Augen waren so verführerisch wie Black Jack, als sie das erste Mal zu mir rüber wanderten. Aber ein paar Monate später – wie jetzt – dachte ich nur noch selten an diesen Moment. Viel zu selten.

Ich stand auf und ließ weitere Fragen und Befehle über mich ergehen, als ich mich in Richtung Badezimmer bewegte.

„Sag mir jetzt, wo du warst! Ich hab doch gesagt, dass ich vorbeikomm'."

„Bazi's. Mitm Michi."

„Jedes Mal, wenn du mit dem weggehst, eskaliert es bei euch!", erwiderte sie. Für Michi hatte sie nicht viel übrig. Aber auch das war mir mittlerweile egal.

„Zieh' deine Lederhose an und schick dich!", setzte sie ihre befehlsgetränkte Schimpftirade fort.

Sie drehte sich um und begann, in der Küche, im Wohnzimmer und in gefühlt jedem anderen Zimmer in meiner Butze ihre Autoschlüssel zu suchen.

Ich erreichte schließlich das Badezimmer. Eigentlich mit dem Auftrag, meine Blase von den acht Rosenheimer Hellen, zwei Cuba-Libre, drei Tequila (braun, ohne Grünzeug), einem Spezial und einer weiteren Weghalben zu befreien, merkte ich, dass mir die ganze Menge an verdauter Flüssigkeit nicht mehr gegen die Spitze meines Pimmels drückte, sondern kehrtmachte und versuchte, meinen Körper über den Mund zu verlassen. Mein Schritt wurde schneller und ich erreichte die Kloschüssel.

Lachte ich innerlich gerade noch, weil ich erstaunt von meinem Talent war, mir alles merken zu können, was ich am Vorabend so alles zu mir genommen hatte, fand ich mich in meiner aktuellen Situation mit dem Kopf über dem Topf weniger lustig. Ich reiherte, was ging, und betrachtete meine Kotze wie eine Art Kunstwerk, nachdem ich meinen Kopf wieder in Höhe des Waschbeckens gebracht hatte.

Ich kniete wieder auf, spülte die Misere weg und blickte in den Spiegel. Meine Augen tränten und waren blutunterlaufen. Meine Backen hingen runter und ich war kreidebleich. Mami hatte recht. Ich war der Schönste im ganzen Ort. Nun zeig's ihnen, Zaunmüller!

Ich ging wieder ins Schlafzimmer und schaltete die Playsi ein. Es dauerte ein wenig, bis die Verbindung stand, doch ich loggte mich in eine heiße Partie gegen einen jungen Kerl aus Dänemark ein, als Kathi plötzlich im Vollsprint das Zimmer erreichte und den Stecker zog.

„Sag mal, Toni, bist du irgendwie überhaupt noch zu retten? Wir haben jetzt noch fünfzehn Minuten! Zieh deine Scheiß-Lederhose an und begib dich am besten gleich zum Auto!"

Ich ging rüber zum Schrank, fragte mich noch, wer das Mädel

denn während meiner vorabendlichen Abwesenheit derart in Rage brachte, und begann, meinen Körper langsam mit der bayerischen Tracht zu versehen.

Die Strümpfe und das Hemd gingen ohne Probleme, ebenso das Leibe. Und die Haferlschuhe sowieso. Doch ich bekam die leise Vorahnung, dass mit der Lederhose einiges an Arbeit auf mich zukommen würde. Das letzte Mal trug ich sie beim Herbstfest ein dreiviertel Jahr zuvor und neben der Leere in meinem Geldbeutel ist in dieser Zeit vor allem mein Ranzen gewachsen.

Ich zog sie also an oder probierte es zumindest. Kathi kam wieder ins Zimmer und schaute mich an. Jetzt war ich endgültig fällig, das spürte ich. Ihre Schultern ließ sie fallen und sie schloss ihre Augen, spitzte Zeigefinger und Daumen aneinander, bewegte die Hand auf und ab und begann in aufgesetzt ruhigem Ton mir meine Unterlegenheit klarzumachen.

„Vor vier Wochen hab ich dir doch gesagt, du sollst deine Lederhose anprobieren. Vor vier Wochen. Du probierst sie nicht vor vier Wochen, sondern zwei Stunden vor der Hochzeit. Jetzt muss ich dich fragen: bist du zurückgeblieben? Oder willst du mich einfach nur fertigmachen? Hasst du mich vielleicht? Ist es das, Toni? Hasst du mich?"

Ich schaute sie an und war völlig erstaunt, dass sie während der gefühlt achtzigsten Ansprache an diesem Morgen gar nicht mehr laut geworden war.

„Okay, hilft nix.", fuhr sie fort und schaute mich gar nicht mehr an, „Zieh deine Trainingshose wieder an oder irgendetwas anderes. Ist mir mittlerweile egal. Ich sag meinen Eltern für das Frühstück ab und sag ihnen, dass wir direkt zur Trauung kommen."

Hatte ich im ersten Moment absolut keinen Plan, wo die Reise hingehen sollte, nahm sie meinen Arm und zerrte mich aus der Wohnung und durch das Treppenhaus runter zum Auto. Wie ein Kleinkind.

Ich setzte mich auf den Beifahrersitz, sie schmiss den Rest meiner Tracht in den Kofferraum, stieg ein und fuhr los.

Abwechseln tippte sie zur Musik im Radio und murmelte flüsternd wütende Dinge vor sich hin. Das war wohl die schlimmste Strafe. Sie sagte es mir nicht ins Gesicht. Nicht mehr.

Ich schaute mir die vorbeiziehende Stadt außerhalb des Fensters an und dachte nach. Ich überlegte, wer einem Briefträger zum Beispiel die Post bringt. Nimmt er die abends von der Zentrale einfach mit? Oder bekommen Postboten immer die Routen, auf denen ihre eigene Adresse vorkommt? Oder lässt er die Post im Auto, bis er nach Hause fährt und nimmt sie dann mit? Und schlafen Postboten auch mit ihren eigenen Frauen?

Oder was macht ein Arzt, wenn er krank ist? Geht er dann zu

einem Kollegen? Oder verschreibt er sich selbst Medikamente? Ist Letzteres überhaupt legal? Bei den Kaminkehrern wurde es mir dann zu bunt. #zinger.

Ich wandte mich anschließend auch dem Radio zu und befand eines der Lieder für gut. Ich holte meine Schachtel Tschick aus der Innentasche meines Trachtenleibes, das ich über Hemd und Trainingshose trug, und steckte mir eine an. Kathi wandte ihren Blick von der Straße ab und starrte nur noch auf mich. Sie konnte es wohl nicht wahrhaben. Sie fuhr rechts in eine Bushaltestelle, stellte den Motor ab und fing an, mich zu beschimpfen: „...“

Da diese Kurzgeschichte auch einem jüngeren Publikum zugänglich gemacht werden soll, wurde der hier ursprünglich befindliche Inhalt entfernt.

Im Wesentlichen hatte sie mir siebenundsiebzig Mal schon gesagt gehabt, dass ich im Auto nicht zu rauchen habe. Und ein achtundsiebzigstes Mal steckte ich mir eine an. Und verwehrte mir nun jegliche Art auf Sympathie oder Zuneigung ihrerseits. Ich schmiss die Kippe aus dem Fenster und wir fuhren weiter. Immer noch war ich komplett ahnungslos, wo wir denn überhaupt hinfuhren. Wo kann man denn in Trachtenhemd und Trainingshose hinfahren?

Nach etwa zwanzig Minuten Fahrt kamen wir an einem Trachtenladen im Rosenheimer Umland an. War ja nicht so, als gäbe es in der Innenstadt, fünf Minuten Fußmarsch von der Wohnung entfernt, zig Trachtenläden. Aber Kathi bevorzugte diesen. Und ich hielt weiterhin den Schnabel.

„Bitte ned.", bettelte ich innerlich, hielt mich aber zurück.

Sie schaute mich an und bemerkte meine Unzufriedenheit.

„Tja, Toni. Das hast du dir selber eingebrockt.", schulmeisterte sie mich wie einen dreijährigen Rotzlöffel, der die Strafe für nicht gegessenes Gemüse zu tragen hatte, „Wir haben jetzt anderthalb Stunden, dann geht die Kirche los."

Ich stieg aus und schlich ihr über den in der Vormittagssonne aufhitzenden und mit Münchener SUVs bestückten Parkplatz nach wie ein halbverhungerter Straßenköter. So fühlte ich mich auch in diesem Moment. Die Schiebetür ging seitlich auf und wir waren willkommen im Trachtenparadies.

Und so stand ich da: Toni Zaunmüller, König des Schwachsinns. In Trachtenhemd, Leibe und Trainingshose, mit dem Kater seines Lebens, umringt von preußelnden Tagestouristen und einer chronischen Unlust.

Ich ging zu dem Haken, wo ein paar der Lederhosen hingen, nahm die ersten drei Größen, ohne auf den Preis zu schauen, und stellte mich in einer Reihe vor einer der Umkleidekabinen an. Das war glaube ich das erste Mal gewesen, dass ich für eine Umkleidekabine anzustehen hatte.

Auch das Ladeninnere entkam der Frühsommerhitze nicht, es hatte gefühlt knapp dreißig Grad da drin. Zudem kam ich ein paar Fangen spielenden Kindern gerade recht, da ich ihnen recht hilfreich als Deckung voreinander dienen konnte.

Deren Mutter war das ebenfalls recht, die konnte sich nämlich gerade nicht um die Kinder kümmern, als sie da vor mir in der Schlange wartete. Die Schwätzerin musste nämlich den Rest des Ladens über die steigenden Mieten, ihr hartes Leben als Vorstadtehefrau eines Arztes und die Frechheit des Klempners, der vor ein paar Tagen bei ihr war und sie dann an diesem Morgen beim Bäcker nicht grüßte, unterhalten. Und ich hörte mir diesen Bonzen-Dünnschiss an.

Ab einem gewissen Punkt sah ich ein, dass dies nun wirklich die Strafe war. Und Chiara und Jean-Marie, die beide im Herbst eingeschult werden würden, benutzten mich weiterhin als Deckung.

Als ich versuchte, meinen Kopf weg von dem Geschwafel von Chiaras Mutter zu drehen, wurde ich auf der anderen Seite erneut Zeuge des Wahnsinns. Dort stand nämlich ein absoluter Ur-Bayer und beschwerte sich lauthals über die ausgschamtn Preise, dass er am Namedog no auf'd Baustell muss und dass sei Freundin no nix kocht hod. Seine Freundin stand augenrollend neben ihm und kam mir ähnlich gestresst vor wie Kathi an diesem Morgen. Wo war die überhaupt?

Nach etwa fünfzehn Minuten warten und Selbsthass hatte ich es auf Rang zwei in der Schlange vor der Kabine geschafft. Ich hatte nur noch Chiaras Mutter vor mir, die ein neues Dirndl und eines dieser neohippen Halstücher anprobierte.

Und Kathi war immer noch nicht da. Die ganze Zeit, in der ich in der Schlange stand, schon nicht. Oh, Mann. Sie musste doch mein Outfit begutachten, schließlich war es die Hochzeit ihres Bruders, nicht meines. Mir persönlich war es ja wurscht, was ich trug.

Chiaras Mum kam aus der Kabine und zeigte ihren Kindern das neue Dirndl mit dem neckischen Halstuch. Denen gefiel es augenscheinlich. Sie grinsten und präsentierten ihre Milchzahnlücken. Die Mutter schien zufrieden, ging zurück in die Wechselstube und kam in ihren ursprünglichen Klamotten mit dem Dirndl zurück am Kleiderbügel wieder heraus. Endlich.

Ich schob den Vorhang zur Seite und betrat die Umkleidekabine. Gerade, als ich dann im Adamskostüm so dastand, riss jemand den Vorhang erneut auf und blickte mich an. Also, die Boxershorts hatte ich noch an, jedoch war der Rest klar zu sehen.

Ich blickte auf und hoffte auf Kathi oder zumindest eine andere ansehnliche Maid, doch es war Mama Jean. Entsetzt starrte sie mich an und fragte, was ich denn in ihrer Kabine mache. Ich hatte für den Tag eh schon alle Hoffnung auf Glück aufgegeben, weshalb ich ihr lapidar antwortete, dass ich in der Kabine das machte, was ich immer in Umkleidekabinen machte: meinen Esel melken und die Winterreifen einlagern.

Sie ließ mich wissen, dass sie es unerhört fand, dass man sich erst ihre Kabine schnappte und dann in so einem Ton mit ihr redete.

„Ihr' Kabine?", erwiderte ich und begann schelmisch zu lachen.

„Ja, sehr wohl.", sagte sie, „Mein Halstuch liegt noch auf der Ablage und ich habe mir nur ein paar neue Sachen zum Anprobieren geholt."

Kräftezerrend erklärte ich ihr, dass wir hier nicht auf Mallorca waren, wo man um sechs Uhr eine Liege mit dem Handtuch reserviert, und empfahl in ruhigem Ton, dass sie das Weite zu suchen vermag.

Die beiden Leute in der Pole Position der Schlange vor der Kabine, die von der Frau kurz zuvor ignorant passiert wurden, stimmten mir zu und redeten ebenfalls auf die Frau ein, dass sie sich wieder hintenanstellen sollte.

„Was glauben Sie eigentlich, was Sie hier tun?", fragte die Dame und zog los, um eine der Verkäuferinnen zu ihrer Unterstützung zu holen. Die kam in ihrem Verkäuferinnendirndl umgehend auf mich zu und fragte, wo denn das Problem sei.

Mittlerweile verfolgten etwa zehn Leute die Situation. Ich schob meinen Bauch aus der Kabine und meinte zu der Verkäuferin: „Entweder sagen Sie der Frau jetzt, dass sie si schleichen soll, oder i mach's. Und wenn's i mach, dann könnt's den Laden neu einrichten."

Kathi kam um die Ecke und sah mich, nur in Boxers und umzingelt von Leuten, wie ich mit zwei Damen in lautem Ton diskutierte, während einige der mich umzingelnden Leute applaudierten und mir nickend zustimmten. Ich will mir bis heute nicht vorstellen, wie das von außen ausgesehen haben muss. Ich sah rüber zu ihr. Sie wirkte erneut enttäuscht.

Die Verkäuferin und die anderen Leute in der Schlange konnten die Dame dazu bewegen, sich hintenanzustellen, und ich konnte endlich meinen Umzug vollziehen.

Ich kam heraus und Kathi musterte mich auf optischen Glanz. „Darf ich nun auch auf das Oktoberfest, wenn ich aussehe, wie so ein Münchner Seppl?", fragte ich sie mit aufgesetzter Fistelstimme. Kathi drehte die Augen nach oben und zum ersten Mal an diesem Tag konnte ich ein kleines Grinsen aus ihr rausholen. Kein Lachen. Ein Grinsen. Ein kleines Grinsen.

Doch ich gefiel ihr in dem Outfit, das merkte ich. Das mochte sie auch an mir. Egal, wieviel Scheiße ich baute, sie konnte mit mir hausieren gehen. Vor ihrem pseudo-intellektuellen Freundeskreis und besonders vor ihrer Familie. Die konnten mich alle gut leiden. Deswegen hatte sie mich auch noch nicht abgeschossen.

Sie fragte mich, ob ich die Lederhose bezahlen konnte, was ich natürlich verneinte, und mit ihr zur Kasse ging.

Ich beglich die paar hundert europäischen Dublonen für die Tracht mit der Kreditkarte und ließ die Verkäuferin wissen, dass ich das Ding gleich anbehielte.

Wir verließen den Laden und stiegen ins Auto. Die Anspannung vom Vormittag hatte sich gelegt. Sie reichte mir eine Tube Haarwachs und ich machte mich mithilfe des Spiegels in der Sonnenblende hochzeitsfertig.

Auf der halbstündigen Fahrt zur Kirche machte sie mir etwa dreizehnhundert Mal klar, dass sie so etwas, wie diesen Morgen, nicht noch einmal sehen will. Ich bejahte. Wieder und wieder.

Wir fanden fix eine Parkgelegenheit am Kirchplatz. Geschniegelt wie ein Fünfziger-Jahre-Alain-Delon stieg ich aus dem Karren, legte meinen Arm um Kathi und marschierte mir ihr gemeinsam zum Eingang der Kirche.

Ihre Eltern winkten uns schon aus der Ferne. Ihre Mutter war wieder völlig aus dem Häuschen und hatte Tränen in den Augen, die ich aus den fünfzig Metern Entfernung schon glänzen sehen konnte.

Kurz bevor wir in der spalierstehenden Gesellschaft vor der Kirche untertauchen konnten, hielt mich Kathi an und nahm mich zur Seite.

„Toni, nochmal: ich will einen Tag wie heute nicht noch einmal erleben. Wenn das nochmal vorkommt, war's das mit uns."

Sie drehte sich um, nahm meine Hand und zerrte mich vor sich her in Richtung der Hochzeitsgesellschaft. Ich ließ mir ihre

Worte durch den Kopf gehen und grinste. Wie ich es immer machte, wenn sie mir das sagte.

Die Olympiade

Schwitzend standen wir vor dem Bazi's und starrten auf die Taxis und Polizeiautos, die sich das Stückchen Straße vor unserem überschaubaren Rosenheimer Partystrip teilten. Wir lehnten nebeneinander aufgereiht am Gemäuer des alten Salzstadels. Michi rauchte eine Zigarette, ich klopfte mir auch eben eine aus der Schachtel und Markus spielte am Handy rum. Es war mal wieder halb drei und mal wieder hatte man uns mitgeteilt, die Kneipe zu verlassen.

Der Zapfenstreich war normalerweise kein Problem, an diesem Wochenende aber hatten wir ohne nähere Informationen erfahren, dass unser Jugendfreund Nico im Drogenrausch sein Leben verlor, und wir fanden auf diese Nachricht und die offenen Fragen und Unklarheiten hin keine bessere Lösung, als wieder einmal in dieselbe Innenstadt zu flüchten und vom selben Tresen aus ins selbe Nichts zu schauen und uns mit irgendwelchen Spielereien abzulenken.

Insofern war die Situation angespannt, da keiner von uns nach Hause und gezwungenermaßen das Hirn einschalten wollte. Ich nahm einen tiefen Zug von meiner Tschick, im Hinterkopf klopften wieder ein paar dunkle Gedanken an und ich wusste, wir mussten etwas finden.

Die anderen Bargäste huschten an uns vorbei und versuchten, eines der Taxis für sich zu erlangen. Manche nahmen auch ein Polizeiauto.

Ich war zwar müde, allerdings noch immer aufgedreht, um ins Bett gehen zu können. Es war zu vermuten, dass es den anderen beiden Burschen ähnlich erging, da zunächst keiner wirklich Anstalten machte, den Heimweg wirklich antreten zu wollen.

Es war Frühsommer, die Tage wurden heißer, die Nächte allerdings blieben frisch. Der Schweiß rann meinen Arm dennoch hinab und tropfte aus den Ärmeln meiner Jacke auf den Boden. Das kam wohl daher, dass wir in einer großzügig beheizten Bar die letzten anderthalb Stunden mit irgendwelchen Innenarchitekturstudentinnen auf der Tanzfläche verbracht hatten.

Eine für mich, eine für Michi, eine für Markus, eine Studentin für jedermann. Als unsere Wenigkeit allerdings relativ zeitgleich versuchte, allesamt auf die erste Base zu kommen, machte sich die versammelte Damenschaft wegen dieser Kleinigkeit recht schnell aus dem Staub.

Und als Markus' Tanzpartnerin nach ihrem Abflug durch irgendwelchen Weibertratsch an der Bar noch erfahren hatte, dass er eigentlich liiert war, kam sie zurück, um ihm eine ordentliche zu schmieren. Nun standen wir also da und überlegten immer noch, wie es weiterging.

„Soll ma ins Paolo?", fragte Michi zu uns rüber, nachdem er nochmal mehr süchtig als genüsslich an seiner Zigarette zog.

„So wie wir schwitzen und ausschauen, lassen die uns sicher

ned rein.", entgegnete ich, „Und außerdem machen die jetzt a zu, glaub i."

„Soll ma ins Sinnlos?", fragte Michi weiter.

„Sicher ned.", würgte ich ihn ab.

„Die haben no auf."

„Die haben immer auf. Allerdings is da Hochkonjunktur am Dienstag um 10 in da Früh."

„Stimmt.", lachte Michi, „I weiß gar ned, ob man da…"

„Also, Mädels.", meldete sich Markus plötzlich und unterbrach Michis potentiellen Ansatz für einen witzigen Vergleich, nachdem er sich recht stillgehalten hatte, „I pack's heim."

„Wos!?", fragten Michi und ich synchron. Und entsetzt noch dazu.

„Ja, i fahr morgen mit meiner Alten in Urlaub. Aufn Bauernhof."

„Magst du mi verarschen?", fragte ich verständnislos, „I will dei' Illusion ned zerstören, Markus. Aber du *wohnst* auf am Bauernhof."

„Ja, i weiß. Hat die Johanna ausgesucht. Wir haben da so an Erlebnisgutschein."

Die wieder. Stellen Sie sich den Emoji vor, der mit den Augen nach oben rollt. Oder den Affen, der sein Gesicht in den Händen vergräbt. Irgendeinen von denen halt.

Und außerdem: Erlebnisgutschein? Die Dinger sind doch eigentlich wie die Spendenknöpfe an den Pfandflaschenautomaten im Discounter. Sie existieren, aber keiner nimmt sie wirklich her.

Er verabschiedete sich mit Handshake und stahl einem jungen Paar eines der Taxis vor der Nase weg. Michi und ich lachten und rauchten noch eine und redeten Unfug.

Die Nacht war eine der ersten des Jahres, die uns mit einer gesunden Milde umarmte und die Luft um uns nahm den Duft der Pflanzen und des Straßenverkehrs und der verschiedenen Fettabzüge der umliegenden Restaurants und Kneipen an.

„Ja, wos mach ma?", fragte nun Michi, „Geh ma a? Oder soll i an Witz erzählen?"

„Dann geh i lieber.", meinte ich zu Michis Vorschlag.

„Also…", fing er an und trieb mir Übelkeit in den Magen und Zorn in den Kopf, „A schöne Frau geht zum Supermarkt, gell. Dann geht's an die Kasse hin und da sitzt a recht fescher Kassierer."

Ich ließ es über mich ergehen, versuchte allerdings, absichtlich wegzuhören. Michi fuhr nahtlos fort.

„Der schaut ihr da so zu, wie's so ihr Zeug aufs Band legt, gell. A Stück Seife, a Zahnbürstl, a Tube Zahnpasta, a Pfund Brot, an Liter Milch, a Tiefkühlpizza und an Joghurt. Dann schaut der Kassierer die junge Frau an und fragt: ‚Sind Sie Single, oder?' Die Frau wird ganz rot und schüchtern und fragt: ‚Mei, wie hast denn des rausgefunden?' Dann sagt der

Kassierer: ‚Weil Sie sind hässlich.'"

„Weltklasse.", antwortete ich und verzog keine Miene. Ich nahm den letzten Zug von meiner Zigarette. Michi selbst lachte, als gäbe es kein Morgen mehr. Wie man das halt so macht, wenn man selbst einen Witz erzählt hat.

Ich war nun in absoluter Aufbruchstimmung. Ein Absacker-bier aus dem wohnungseigenen Kühlschrank, eine abschlie-ßende Runde Fünf-gegen-Willi und Fernsehschlafen. Eine kurze Nacht voller Einsamkeit war um Längen besser als ein zweiter Witz von Michi.

Gerade, als ich den Zigarettenstummel auf den Boden schmei-ßen und mit der Sohle meines Turnschuhs in den Untergrund drücken wollte, gerade als ich bereit war, Michi – der immer noch den Teufel aus seiner Seele herauslachte – stehenzulas-sen, genau in diesem Moment ertönte eine Stimme.

„Zaunmüller, antreten!"

Ich drehte mich um in Richtung Ausgang der Bar und sah ei-nen dicken Kerl grinsend auf mich zuspazieren.

„Kennen wir uns?", fragte ich, neugierig und auch nicht.

„Sandro.", antwortete der korpulente Kollege und hatte diesen verzögernden und abwartenden Gesichtsausdruck drauf, so als würde er darauf warten, dass es mir gleich einfällt. Ich zeigte keine Reaktion.

„Ettmüller? Physik-Grundlagen? Erstes Semester?"

„Ah, ja, freilich. Sandro Ettmüller.", lachte ich. Er freute sich, dass ich ihn erkannt hatte und holte den Arm zum Handschlag aus. Ich hatte keinen Dunst, wer der Kerl war.

„Wir waren doch letztes Jahr im Sommer auch bei diesem Beer-Pong-Dingens."

„Ja, i weiß."

Wusste ich nicht. Ich hoffte, dass der Kerl wieder abdampft.

„Was macht ihr?", fragte Sandro Ettmüller. Michi und ich schauten uns an, wie ein altes Ehepaar, das mittlerweile wortlos denselben Gedanken im Hirn hatte. Beide wollten wir eine sarkastische Antwort geben, aber wir ließen es sein.

„Wir entscheiden gerade, wo die Reise heut no hingeht.", sagte ich ehrlich und aufrichtig und schämte mich etwas vor mir selbst, dass ich die saublöde Frage nicht mit einer noch blöderen Antwort bestrafte. Was machen wir denn da? Um fast drei in der Früh am Salzstadel? Wir waren ja nicht gerade dabei, einen neuen Estrich zu legen.

„Kommt ihr mit zur Bavaria?", fragte Sandro Ettmüller, während er den Eindruck machte, dass er eigentlich schon auf dem Sprung war.

„Zu wos?", fragte ich.

„Zur Bavaria. Studentenverbindung."

„Bavaria? Haben Studentenverbindungen ned eigentlich immer so griechische Buchstaben?"

„Ach, Zauni. Kleiner Trottel.", sagte er und ich grinste finster, weil ich – Zauni – ja echt ein kleiner Trottel war, wenn es um griechische Buchstaben ging.

„Das ist vielleicht im Film so oder in Amerika.", fügte er an und redete plötzlich etwas schneller, so als hätte er es eilig, „Kommt ihr mit oder was?"

Die Nachfrage und seine geneigte Körperhaltung in Richtung Bewegung unterstrichen seine scheinbare Eiligkeit.

Ich schaute Michi an, er zuckte mit den Schultern. Zeitgleich bog ich meine Mundwinkel nach unten und zuckte ebenfalls mit den Schultern. Eine Abmachung auf Oberbayerisch.

Sandro Ettmüller stimmte ein kurzes „Mir nach" an und die Sache war gegessen. Wir folgten ihm – beinahe im Gleichschritt – und verloren untereinander unterwegs nicht viele Worte. Am Automaten am Ludwigsplatz füllten wir alle die Geldbeutel nach und gingen über den Max-Josef-Platz Richtung Salinplatz.

Auf dem Max-Josef-Platz nahm ich einen tiefen Zug Luft und fühlte mich wohl. Die Nacht war zwar immer noch recht dunkel zu der Zeit, aber de Beleuchtungen der Läden und Kirchen um uns herum stimmten die Uhren auf Sommer.

Jedoch wurden besagte Lichter der Stadt mit zunehmendem Fußmarsch weniger und die wieder eintretende Dunkelheit am Ende des Max-Josef-Platz stimmte unsere Uhren wieder auf Winter. Ehrlich gesagt wurden überhaupt keine Uhren gestimmt, ich bekam halt langsam einfach eine Scheiß-Angst. Wo führte uns der Kletzen hin?

Die Leute, die uns entgegenkamen, wurden rarer und finsterer. Während sich am Salzstadel und am Hofbräukomplex vor den zusperrenden Bars und an den Taxiständen regelrechte Menschentrauben gebildet hatten, sah man hier unterwegs nur noch vereinzelte Wesen der Nacht.

Als wir auf Höhe des Salingartens über die Spritzen auf dem Bürgerstiegen auswichen und den benutzten Kondomen auswichen, übermannte mich die Angst langsam. Michi augenscheinlich ebenso.

„Toni, wie geübt bist du im Straßenkampf?", fragte er flüsternd, nachdem er sich zu mir rüber lehnte. Sandro Ettmüller ging weiterhin vor uns und machte nicht den Anschein, als würde er von uns was mitkriegen.

„Wieso?", flüsterte ich zurück.

„Wieso!?", erwiderte Michi, noch immer flüsternd, „Schau mal, wo wir da rumsteuern. Kann man dem Typen vertrauen?"

„Keine Ahnung."

„Keine Ahnung!? Du kennst den doch!"

„I kenn den ned."

„Der war doch mit dir im Semester."

„Der hätt mir a erzählen können, dass er mei Begleitung aufm Abiball war. I kenn den ned."

Am Atrium bogen wir in die Riederstraße ab und passierten die Wettbüros und die Shisha-Bars. Die Blicke wurden düsterer und intensiver auf uns gerichtet. So kam es mir zumindest vor. Sandro Ettmüller posaunte mit einer völlig überzogenen Heiterkeit irgendwelche Geschichten über unser gemeinsames Semester in die Luft, aber ich hörte lediglich dunkle Klänge, während ich mich auf die Augen konzentrierte, die uns an jedem Laden, den wir passierten, musterten.

Wir bogen ein paar Mal ab und nahe des Roxybergs blieb Sandro Ettmüller an irgendeiner unscheinbaren Türe stehen und drückte die Klinge. Die nächtlich etwas belebteren Gegenden hatten wir verlassen gehabt und Michi und ich schauten synchron nach rechts und nach links, konnten aber außer Dunkelheit und kaltem Verkehrsgeruch nichts feststellen.

Sandro Ettmüller öffnete nach der Aufforderung des Summers die Tür und führte uns ins Gebäude.

Ein offener Raum, es hatte den Anschein, als wäre es ein Restaurant oder so. Am Boden war ein penibel gepflegter Teppich und an den Wänden hingen Porträtbilder irgendwelcher Leute. Die Treppe direkt neben der Tür leitete uns zu einem weiteren großen Raum – im Keller. Und als wir dort schließlich ankamen, überrollte mich ein Zug.

Michi und ich standen mit weit heruntergelassenen Kinnladen an der Treppenschwelle und wir blickten uns um. Ein vollends offener und verkleideter Raum aus Eichenholz, eine Bar aus Eichenholz, die Tische und Eckbänke aus… wahrscheinlich Eichenholz? An der Wand war ein Buffet, gefühlt so lange wie die Flüsse des antiken Babylon. Schnitzel, Nudeln, Lasagne,

Pizza, Leberkäs, Kartoffeltaschen. Und das um kurz nach drei in der Früh nach einer ordentlichen Sauftour. #foodporn #startyourdayright.

Ein paar Typen standen an der Bar und glotzten zu uns rüber. Was mich nicht besonders kümmerte, da ich mit dem Umherschauen beschäftigt war. Sie drehten sich wieder weg und nahmen einen Schluck aus ihrem Bierglas.

„Wos is des da?", fragte ich Sandro Ettmüller.

„Wir hatten Hauptversammlung und ich dachte, für den gemütlichen Teil hol ich vielleicht ein paar potentielle neue Mitglieder in den Bavaria-Keller."

„I bin dabei.", sagte Michi, noch immer unentschlossen, ob er den Mund oder die Augen weiter aufreißen sollte. Und der studierte nicht mal in Rosenheim.

„Wos is des an der Wand?", fragte ich und deutete auf eine offene Aufputz-Leitung, die sich um den gesamten Raum schlängelte.

„Die Bierleitung.", antwortete Sandro Ettmüller nüchtern, „An den Kugelhähnen kannst du aufdrehen und dann kommt Bier heraus."

Ich dachte, ich wäre im falschen Film. Oder im richtigen? Mal ehrlich: das beste Essen überhaupt, Bier aus der Wand, ein Raum aus Eichenholz, eine mysteriöse Burschenschaft. Es war im Prinzip wie das Alte Rom. Das Einzige, das fehlte, waren die Nutten und die antoninische Pest. Aber der Abend war ja noch nicht vorbei.

„Esst erstmal, dann geht das Turnier los.", meinte Sandro Ett-müller.

„Turnier?", fragten Michi und ich. Wieder synchron.

„Wenn ihr zur Bavaria wollt, müsst ihr an der Olympiade teil-nehmen."

„???"

„Na, ein paar Wettkämpfe, um die Trinkfestigkeit zu prüfen."

„Pfff.", lachten Michi und ich – synchron, „Komm wieder, wenn irgendwos schwieriges aufm Plan steht."

Wir aßen uns die Ranzen voll. Michi hatte Leberkäslasagne und ich hatte Spaghetti mit Hamburgerstreifen auf Bacon-Gra-tin. Nein, ich weiß nicht mehr, was wir gegessen hatten. Ist auch völlig Wurscht jetzt. Wurscht jetzt – wieder einer für die Blaskapelle.

Wir aßen wie die Wilden, stillten unseren Heißhunger und sparten uns den obligatorischen Nachtdöner für – mittlerweile schon – 4,50 Euro. Ja, liebe Kinder der Zukunft. Bei uns waren nicht nur die Stickoxide geringer und die Hosen enger. Oder weiter? Das ändert sich auch alle zwei Wochen. Jedenfalls aßen wir noch Schülerdöner für 2,50 Euro.

Sandro Ettmüller stellte sich auf einen Stuhl, während wir noch speisten, und verkündete vor seinen zirka sechs anwe-senden Jüngern: „So, es ist angerichtet! Die Olympiade kann beginnen! Holt das Bügelbrett!"

Es war nun etwa dreiviertel vier, etwas spät für Trinkspiele. Dennoch hatte ich Lust. Doch diese Geschichte um das Bügelbrett ließ mich nicht los. Ich stellte meinen Teller beiseite und hakte nach.

„Naja", setzte Sandro Ettmüller an, „Wir spielen darauf Drei-gegen-drei. Der erste ext eine Halbe, wenn er leer ist, stellt er das Glas auf dem Bügelbrett ab und der nächste in seinem Team darf trinken. Wer zuerst leer ist, hat gewonnen."

„Des is klar. Aber wieso des Bügelbrett?"

„Keine Ahnung. Auf einem Biertisch kann's ja jeder."

Michi und ich bekamen ein etwas bekanntes Gesicht in unser Dreierteam gelost. Auch wenn ich schon wieder nicht wusste, *woher* es mir bekannt war.

„Toni", sagte Sandro Ettmüller laut und kam auf mich mit dem bekannten Gesicht im Schlepptau zu. „Den kennst du auch noch. Jakob Lautner, war bei uns im Semester."

Lautner… sagte mir nix.

„Ah", antwortete ich, fragte mich, wer denn noch alles bei mir im Semester war, und wandte mich neugierig an Jakob Leitner oder wie der hieß, „Du bist aber ned der, der wo Angst vorm Fotografieren gehabt hat, weil er gemeint hat, da schmelzen seine Augen, oder?"

„Nein", antwortete Jakob Leistner unlustig und neutral, „Aber ich weiß, wen du meinst."

Unser Dreierteam und die gegnerische Mannschaft stellten

sich am Bügelbrett auf. Gerade, als der erste jeder Mannschaft das Glas in die Hand nahm, um zu starten, ging die Tür bei der Treppe auf.

„Philipp!", schrie Sandro Ettmüller und hob freudig den Arm. Und erneut dachte ich, ein Zug überrollt mich. Diesmal samt Verspätung, verdrecktem Unisexklo und sächsischer Schaffnerin. Pippo kam rein.

„Ah, da Ettmüller hat euch gefunden.", lachte er und packte Michi und mich gleichzeitig am Genick.

„Bist du da bei dem Verein dabei?", fragte ich nachhakend und etwas erschrocken.

„Freilich. Is ganz geil."

„Hey, Ettmüller!", schrie ich und wandte mich flüsternd zu Pippo: „Ettmüller heißt der, oder?"

Pippo nickte.

„Ettmüller, nimm dein' Leistner wieder. Wir spielen mitm Pippo."

„Lautner.", berichtigte mich Leistner. Äh, Leitner. Lautner, Gruzifix.

„Mir doch wurscht."

Wir spielten das Spiel und Pippo fuhr das Ding bereits nach Hause, da hatte im anderen Team der zweite Mann sein Bier gerade einmal zur Hälfte runtergewürgt. Was den Lautner etwas in Rage brachte.

Wir hätten beschissen, monierte er. Und der spielte nicht mal mit. Der stand nur neben dem Bügelbrett und sah zu. Naja, wahrscheinlich war er noch sauer, weil wir ihn kurzerhand ausgetauscht hatten.

Pippo hätte zu trinken begonnen, meinte er, während ich mein Glas noch in der Hand gehalten hatte. Sandro Ettmüller mischte sich ein und lachte die Sache unter den Tisch, erklärte Lautner, er sollte sich beruhigen und wir rückten aus zur nächsten Disziplin: Beer Pong, mein absoluter Favourite. Einfach ein zeitloser Klassiker des Trinkspiels. Pippo/Zaunmüller vs. Ettmüller/Lautner.

Pippo traf drei hintereinander und Leistner – Lautner – beschwerte sich erneut. Dreimal wäre er mit dem Ellbogen zu weit vorne gewesen. Oder zu weit hinten, was weiß ich.

„Sag mal was Ettmüller!", beschwerte sich Lautner, „Das kann ja nicht so schwer sein. Am Schluss muss ich noch die ganze Scheiße hier trinken, weil die Hurensöhne da drüben bescheißen."

„Fahr mal runter, Alter.", mahnte Sandro Ettmüller.

„Was? Ist doch so!", maulte Lautner hinterher und goss sich widerspenstig die lacke Plörre den Schlund hinunter, während das Bier seitlich seine Mundwinkel hinablief.

„Beruhig' di mal, Oida. Is nur Beer Pong, ned die World Series.", beschwichtigte ich.

„Fick du dich doch!", schrie er. Pippo und ich schauten uns an. Michi hatten wir länger schon nicht mehr gesehen, der war uns vor dem Spiel irgendwie abhandengekommen.

„Wennst tanzen willst, sagst Bescheid, dann hol i meine Lack-schuh'", drohte ich Lautner, warf und traf. Per Zufall, zugegeben. Trotzdem schoss diesem Lautner der Blutdruck durch die Schädeldecke. Wütend stampfte er auf unsere Seite des Tisches.

„Ich ramm dir meine Faust in' Arsch!", bedrohte er mich zurück.

„Okay…", antwortete ich langgezogen und etwas verwirrt, „Normalerweise werd' i da vorher zumindest zum Essen eingeladen."

„Halt's Maul, Mann, oder ich geb's dir ins Gesicht!"

„Des macht's jetzt ned besser."

„Ich kann dich nicht leiden.", sagte er.

„Da haben wir scho a Sache gemeinsam."

Als Jugendlicher hatte mich das immer schockiert gehabt, wenn mich einer anpöbelte. Aber in der Hinsicht war ich recht gleichgültig geworden. Was sollte denn passieren? Dass mir einer eine langt? Ein blaues Auge? Eine blutige Nase? Da kamen manche Kommilitonen von ihren durchzechten Liebesnächten an der Innstraße schlimmer nach Hause.

Lautner versuchte, mich zu schubsen. Ich blieb ruhig und ging einen Schritt nach hinten. Sandro Ettmüller und ein Verbindungskumpel seinerseits packten ihn unter den Schultern und brachten ihn vor die Tür.

Eine Gefühlsachterbahn blieb aus. Ich war weder wütend, noch ängstlich, noch anderweitig beeindruckt von Lustenbergers Auftritt. Lautner, ich weiß.

Ein Kerl kam von der Bar herüber. Irgendwie passte der nicht so ganz in dieses Metier hier. Ich spielte die Partie mit Pippo gegen Sandro Ettmüller alleine fertig. Der Kerl von der Bar stand wortlos an der Seite des Tisches und schaute uns zu.

Nach der Partie, die wir logischerweise gewannen, sahen wir Sandro Ettmüller dabei zu, wie er genüsslich die restlichen Becher trinken durfte. Wir lachten und der Kerl kam zu mir herüber und klopfte mir auf die Schulter. Pippo ging derweil an die Bar und holte die Whiskeys, die er für unseren Triumph bestellt hatte.

„Benno.", sagte der mysteriöse Kerl zu mir und streckte seine Hand aus, „Ich war auch auf der Rosenheimer."

„Toni."

„Dem hast du's vorhin ganz schön gegeben.", sagte er.

„Des hätt' er gern."

„Du kannst gut mit Worten umgehen."

„Wenn i keine Taten folgen lassen muss, dann scho.", antwortete ich, den Blick abseits des Kerls und nippte an dem Whiskey, so als würde er mir schmecken.

„Pass auf, Tommy."

„Toni."

Er ignorierte meine Korrektur und zog eine Visitenkarte aus

seinem Geldbeutel.

„Ich bin bei einer Castingagentur für Filmstatisten und Klein-darsteller. Wir brauchen Leute wie dich."

„Leute wie mich?", antwortete ich und zog die Augenbrauen hoch, „Des is diskriminierend."

„Genau das mein ich!", sprang er mir auflachend in meine Antwort hinein, „Dieser Sarkasmus. Du bist perfekt!"

„Des war kein Sarkasmus. Du sagst des, als wär i irgendwie… keine Ahnung… speziell?"

„Du bist echt gut, Mann.", lachte er wieder laut. Was für ein Arschloch.

„Überleg's dir, Tobi."

Der konnte es auch nicht recht mit den Namen.

Ich nahm seine Karte mit zwei Fingern entgegen und drehte sie mit der Schrift zu mir.

„Naja. Solang i meine Titten ned zeigen muss."

„Davor ist in dem Geschäft niemand sicher."

„Des glaub i gern."

Ich fragte mich, wer einem Agenten für Statisten eigene Visi-tenkarten drucken lässt und schob die Karte in meine hintere Hosentasche. Da sah ich plötzlich Michi an der Bar stehen, alleine.

Sandro Ettmüller stieg wieder auf seinen Stuhl und erklärte die Olympiade für beendet. Er bot mir an, Mitglied zu werden. Ich gab ihm die Hand und meinte, ich würde es mir überlegen.

Michi wirkte etwas bedrückt, wie er dort so alleine an der Bar stand und über den Tresen ins Nichts blickte, ohne überhaupt zu blinzeln. Ich watete kurzerhand zu ihm rüber und stellt mich neben ihn. Der Schaum in seinem Bierglas fiel langsam in sich zusammen.

„Wos is mit dir los?", fragte ich und setzte mich auf den Barhocker neben mir, der da so verlassen rumstand, „Ham' die Sechziger verloren?"

„I denk nach.", antwortete Michi, ohne den Blick von der Leere abzuwenden.

„Über wos?"

„Wos aus uns wird."

„Ach so.", warf ich Michis Besorgnis lapidar zur Seite und wandte mich zum Barmann, „Hey, a Helles, bitte."

„Und du?", fragte Michi, nachdem er sich etwas zu mir rüber neigte. Sein Kopf und seine Stimme blieben allerdings gesenkt.

„I hab vorhin überlegt, wieso beim Bad da Lichtschalter immer außen is."

„Toni…"

„Na, echt jetzt. In jedem anderen Zimmer wär's scheißegal. Aber im Bad, wenn dir einer von außen as Licht abdreht, dann bist du aufgeschmissen. Du bist nass und nackt und kannst di ned wehren."

„Toni!", unterbrach Michi meinen Gedanken mit einem kurzen Schrei, „Wos wird aus uns, verdammt!?"

„Wos soll des jetzt?", fragte ich und nahm einen ersten Schluck von meinem frischen Bier, nachdem der Barmann ein Kreuzchen auf meinen Deckel gemalt hatte. Michi drehte sich konzentriert zu mir. Seine Augen waren klein.

„Echt jetzt, Zaunmüller. Wos glaubst du?"

„Naja", setzte ich an und trank nochmal einen Schluck, einen kräftigeren diesmal, „Irgendwann is Studieren für uns vorbei, dann arbeiten wir und lassen uns von irgendwelchen Scheiß-Kunden und unserem Chef anschreien. Aber Krankenversicherung und regelmäßiger Diridari sorgen dafür, dass mas runterschlucken. Dann finden wir alle die Eine. Dann gehen wir am Wochenende in' Tierpark oder machen Radltouren oder gehen aufn Berg oder so an Scheiß. Dann heiraten wir alle, dann haben wir Kinder. An dem Punkt sind *wir* scho lang keine Freunde mehr. Da machen wir nämlich Pärchenabende bei irgendwelchen andern Leuten, wo wir mit unserm Kombi hinfahren und uns über die Union unterhalten und die betriebliche Altersvorsorge. Dann werden wir geschieden, dann kommt eventuell des ganze Spiel nochmal von vorn, dann gehen wir in Rente und dann sterben wir."

„Du solltest echt mal zum Psychologen, Toni.", sagte Michi mit langsam ausgehender und enttäuschend wirkender Stimme, „I bin eh scho mies drauf grad und dann kommst du

96

mit so na Scheiße und ziehst mi no weiter runter."

„Wieso? I sag ja ned, dass des schlecht is. Aber so läuft's halt mal. Oder glaubst du, irgendwer von uns Dorftrottel erfindet an Hausroboter oder a neue Geschmacksrichtung von Tempura?", antwortete ich vorwurfsvoll. Dann schweifte ich ab und dachte über meine Aussage nach.

„Wär eigentlich a coole Idee…", murmelte ich meinem Gedanken an Tempura nach. Dann wandte ich mich wieder zu Michi.

„Aber wos willst du jetzt eigentlich, Michi?"

„I mein… passiert no irgendwos cooles? Irgendwos, wos da Nico verpassen wird?"

„Fang jetzt ned so an.", warnte ich und schüttelte blockierend meinen Kopf. Ich nahm einen Schluck.

„Aber, Toni. Irgendwos cooles muss doch no passieren, oder?"

„I wird vielleicht Schauspieler."

„Du kapierst des ned, i mein des ernst."

„I a. Frag den Typen da vorn."

„Welchen?"

„Den mitm Kinnbart."

Oh, Mann, stimmt. Der hatte ja einen Kinnbart.

„Wann hast du ihn des letzte Mal gesehen?"

„Jetzt vorhin, wo er mir seine Karte gegeben hat. Kannst du des glauben? A Statistenagent mit Visitenkarte?"

„I mein an Nico."

„Ach, so. Keine Ahnung. Letztes Jahr bei der EM war i in da Innenstadt beim Public Viewing…"

„Bei wos?"

„Beim Public Viewing. Du weißt scho. Deutschlandtrikots, keiner hat Ahnung vom Fußball, Schland-Gesänge, so saublöde Sommerhüte…"

„I hab's nur akustisch ned verstanden."

„Da hab i ihn getroffen. War mit irgendwelche Typen da. Hab i ned gekannt. Haben gruselig ausgeschaut."

„Wos hat er gesagt?"

„Nix, wir haben uns nur gegrüßt und kurz die Hand gegeben."
Um den armen Kerl aufzuheitern, traf ich mit Michi die Vereinbarung, an jedem Todestag von Nico einen im Bavaria-Keller mit ihm trinken zu gehen.

Wir haben die Tradition bis zu diesem Tag nicht einmal eingehalten.

Spitz

Die Kellnerin bemerkte, dass irgendwas bei uns nicht stimmte und wagte sich mit vorsichtiger Stimme an unseren Tisch.

„Kann ich euch noch was bringen?"

Ich saß da, mit ausdünstendem und vor den Schultern hängendem Kopf, den Oberkörper auf den Unterarmen abgestützt.

„A Flaschn Obstler und a geladene 38er.", murmelte ich, nachdem ich meinen traurigen Blick ansatzweise in ihre Richtung drehen konnte.

„Sag so etwas nicht!", schimpfte Kathi. „Nein, wir kriegen nichts, danke.", zur Kellnerin.

„Das meine ich!", fuhr sie fort, wieder zu mir, „Du kannst nicht mal jetzt hundertprozentig ernst bleiben. Für mich ist das hier auch kein Zuckerschlecken. Und ich habe echt keine Lust mehr auf einen, der sich mit Anfang zwanzig noch aufführt wie ein Schulbub."

Ich schnaufte laut, meine Hände umklammerten das Haferl, in dem der Schaum des kaltgewordenen Cappuccinos mittlerweile trocken und krustig war. Kathi trank ihren aus und leckte sich mit ihrer spitzen Zunge den Schaum von der Oberlippe. Es wirkte jedoch nicht genüsslich. Es war geradlinig und präzise. So, als würde sie einen Briefumschlag ablecken.

„Du musst endlich anfangen, dich zusammenzukriegen."

„I bin doch in voller Munde.", antwortete ich, hob das Haferl und schlürfte es restlos aus.

„Voller Munde? Du hasst dein Studium, du trinkst viel zu viel, du fängst mit jedem Ärger an…"

„Mit wem denn?", unterbrach ich sie.

„Der Kerl im Bazi's neulich."

„Der hat dir in einer Tour aufn Arsch geschaut."

„Hat er nicht. Dann Lauras Freund beim Essen."

„Des is ja wohl scho ewig her. Und i hab keinen Ärger ange-fangen, i hab ihn bloß bissl aufgezogen."

„Trotzdem."

„Der hat Schuh' mit Klettverschluss angehabt."

„Ja, und?"

„Der war über dreißig. Des is doch ned normal. Des is wie a Erwachsener mit Zahnspange. Oder Kind mit Anzug."

„Das ist wieder so was. Du bist nur noch süffisant, rechthabe-risch und sarkastisch. Nur noch!"

„I würd sagen: schlagfertig.", antwortete ich schlagfertig.

„Aber darum geht's nicht. Die schmeißen dich bald von der Hochschule. Das ist dir klar, oder?"

„Mhm."

„Und dann?"

Ich sagte nichts.

„Dir scheißegal, oder?"

Ich sagte wieder nichts.

Sie stand auf, wiederholte, dass ich meinen Scheiß zusammen-kriegen soll, zog einen Zehner aus ihrer Lederhandtasche von

Guiseppe-Irgendwas, warf ihn auf den Tisch und ging.

Ich blieb noch ein paar Takte sitzen. Die Kellnerin ging noch ein- oder zweimal mit verstohlenem Blick vorbei, schenkte mir jeweils ein mitleidiges Lächeln.

Ich stand auf und ging. Die Jacke auf meinen Schultern wog einhundert Kilo, meine Beine wateten durch Treibsand. Es war zwei Uhr nachmittags und es regnete.

Infinity Pools

Es war wieder diese Zeit, wo das Universum gegen mich spielte. Ich verkackte meine Unternehmensführung-Präsentation, die meiner Meinung nach in einem Bauingenieurwesenstudiengang so viel zu suchen hatte, wie ein grantelnder Alt-Sechziger in der roten Südkurve. Der TÜV würde mir sprichwörtlich die Scheidungsurkunde von meinem Polo überreichen, wenn ich ihn nicht für ein Heidengeld reparieren lassen würde. Seit Monaten hatte ich kein Mädel mehr erkundet, die Mensa nahm das BiFi Carazza aus dem Snackautomatensortiment und das letzte Cage-Album war für den Wurstkutter. Und ja, die Kathi-Sache.

Am Vorabend war ich wie ein angeschossenes Reh mitleidsuchend auf der Couch gehockt, nachdem ich gesehen hatte, wie Kathi ein Bild aus ihrem Urlaub mit irgendeinem neuen Dschamsterer postete. Ich hatte alles detailreich durchgedacht: wie oft sie es getrieben hatten, wie viel der Typ in der Hose hatte, welche Techniken er drauf hatte. Wie viel Geld er verdiente. Was ihn insgesamt einfach besser machte als mich. Mit Sicherheit waren es nicht das Cap von den Blackhawks, das Allerwelts-Lächeln in die Selfie-Cam mit dem Tötet-mich-doch-einfach-Gesichtsausdruck und das ausgebleichte Shirt von dem Foto.

In solchen Fällen half am meisten immer der beste schlechte Freund. Der beste schlechte Freund erzählt dir nämlich nicht abgedroschene Halblügen, dass alles gut werden würde oder dass du dir keine Sorgen zu machen brauchst. Er gibt dir auch keine übertriebenen Wahrheiten vor, mit denen er versucht, dein Unterbewusstsein zu aktivieren und dich dazu motiviert, gegen jene von dir ungeliebte Wahrheit vorzugehen.

Dein bester schlechter Freund nimmt dich mit auf eine triefende, altmodische Sauftour durch die Lichter der Nacht. Mit allem Drum und Dran. Und mein bester schlechter Freund zu jener Zeit war Michi. Und ich war seiner. Und wie es der Zufall so haben wollte, war er im Streit mit seiner künftigen Gemahlin – so viel sei vorweggenommen – und brauchte mich ebenso. Vielleicht sogar mehr, als ich ihn.

Letztendlich kam es so, dass ich mit ihm nun vierzehn Stunden später in einem Discounter stand und mit blubberndem Magen und verkrusteten Augen schon wieder die nächste Fuhre Alkohol in unser Einkaufswagerl lud. Denn an diesem Abend war schon die nächste Feetz, auf die wir uns vorzubereiten hatten: meine Geburtstagsfeier.

Man kennt das ja: die Schiebetüren öffnen sich, man gelangt in den Vorraum mit den Pfandflaschenautomaten und Kaffeemaschinen, passiert diese gekonnt und geht durch die zweite Schiebetür. Bröselnder Geruch von warmem Gebäck schlägt einem entgegen. Passiert man auch die Backwaren, findet man sich umgehend in einer Kaltfront durch die Tiefkühlregale wieder. Und passiert man auch diese und biegt am Ende des

Ladens einmal um die Ecke, dann öffnet sich einem das Schlaraffenland: Müller-Thurgau, Chardonnay, Lugana, Sauvignon-Blanc. Wodka, Whiskey, Bourbon, Obstler. Und weil nach einer Pause zwischen 1967 und 2012 wieder jeder gediegene Partygast Gin verlangt, suchten wir auch nach diesem.

Michi und ich hatten beide jeweils Wagerl, die beide bereits gefüllt waren mit Flaschen in teilweise harten Formen. Nun ging es darum, den harten Alkohol für meine Gäste niedlich darzustellen. Wir bogen ab zum Grünzeug und suchten nach Gurken, Limetten, Zitronen, Orangen, Ingwer und was man sonst noch so unter die Cocktails hob. Wieso konnten die nicht einfach Bier trinken?

Nachdem wir nachträglich unsere Wagerl auch noch mit Chips und Flips und Salzigem beladen hatten, ging es geradewegs zur Kasse.

Es war im Prinzip wie immer: wir stellten uns an vierter oder fünfter Stelle der einzig geöffneten Kasse an und sobald wir in Reihe waren, rief die Kassiererin mit den zu gelb gefärbten Haaren und ostdeutschem Dialekt zur Öffnung einer zweiten Kasse auf. War ja klar. Nun war es nämlich wurscht, ob wir stehen blieben oder an die neu geöffnete Kasse gingen. Beide waren umgehend zu gleichen Teilen mit Menschen gefüllt. Wir blieben an der ersten Kasse.

Ich blickte aus dem großen Fenster hinter den Kassen und sah, dass ein wuchtiges, dunkelblau-schwarzes Gewitter aufgezogen war. Harter Platzregen vertrieb den Sonnenschein und scharfe Blitze schnitten die Wolken entzwei.

Dann tat ich es wieder Michi gleich. Wir standen einfach da und starrten Löcher in die Luft, wie man so schön sagt. Plötzlich fragte mich Michi, ob jemand mit drei Beinen auch drei Schuhe bräuchte, was ich selbstverständlich bejahte. Nun stellte sich natürlich die Frage, ob der dritte Schuh ein linker oder ein rechter zu sein hatte, was ja selbstverständlich auf die Ausrichtung des zusätzlichen Fußes ankam, wie ich meinte. Letztendlich blieb die dritte Frage offen, über die wir uns schnell zu streiten begannen: wer bezahlt den dritten Schuh? Michi meinte, jeder Betroffene hätte die Kosten selbst zu tragen, während ich mir einer Übernahme durch die Krankenversicherung mehr als sicher war. Unser Kompromiss lief auf eine mögliche Dreibeinzusatzversicherung aus dem Versicherungswesen hinaus.

Die Schlange bewegte sich alle paar Momente nach vorne und gerade da, als ich die erste Flasche auf das Band legte, packte die männliche Hälfte des Rentnerpaares vor uns postwendend den Trenner zwischen deren Semmelbrösel und meinen Lugana. Ein weiterer Klassiker in der Welt der Supermärkte.

Als wir dran waren, schob die Kassiererin sanft jeden einzelnen Teil unseres Einkaufs über den Scanner. Nach jedem Piepen wurde ein Artikel meinem Kassenbon hinzugefügt und glitt über die grauen Rollen hinter die Kasse.

Dachte ich zunächst, ich würde nach dem letzten gescannten Artikel den Wert der besorgten Waren in Form von Geldstücken und Scheinen der europäischen Währungsunion begleichen, so stellte ich fest, dass ich mich erst einmal durch die Fragerunde einer mir unbekannten Spieleshow zu kämpfen hatte.

„Sammeln Sie Treuepunkte?", fragte die Kassiererin, monoton und mit der identen Lustlosigkeit, mit der sie die Waren auf die grauen Rollen hinter der Kasse schob.

„Na."

„Sammeln Sie Deutschland-Punkte?"

„I samml' Tannenzapfen."

Ein Augenrollen kam mir entgegen.

„Haben Sie eine Payback-Karte?"

„Nope."

„Okay. Dann bräuchte ich noch Ihre Postleitzahl."

Jetzt reichte es mir.

„Na."

„Nein?"

„Ja."

„Ja?"

„Na."

„Wieso nicht?", fragte die Kassiererin unverständlich.

„Für wos zum Teufel brauchen Sie jetzt mei' Postleitzahl?"

„Wir analysieren das Kaufverhalten unserer Kunden und wollen wissen, wo die Kunden herkommen."

„Okay."

„Also, sagen Sie mir bitte Ihre Postleitzahl."

„Na.", gab ich erneut zu verstehen und verschränkte die Arme. Wie ein ordentlicher Deutscher an der Hotelrezeption.

„Was ist Ihr Problem?"

„Naja, irgendwie wird's mir zu viel. I kauf ja eh scho bei euch ein. Dann wollen Sie meine Karten haben, wo mein Kaufverhalten sowieso analysiert wird, damit man mi ordentlich zuspamen kann. Gut, so a Karte hab i jetzt ned gehabt. Aber jetzt wollen Sie no mei' Postleitzahl? Wos wollen Sie als nächstes? Die Seele meines Erstgeborenen?"

„Hey, Mann.", setzte die Kassiererin an, stützte sich auf ihren Ellenbogen und lehnte sich mit genervt zornigem Blick nach vorne. „Wir sind ein Supermarkt. Wir verkaufen Karotten und Eier. Und an Sie beiden Herren etwa siebenhundert Hektoliter Schnaps. Und jetzt lecken Sie mich und sagen Sie mir Ihre Postleitzahl, ansonsten kann ich hier an der Kasse nicht weitermachen."

Sie hatte gewonnen.

„Okay", sagte ich und sah im Augenwinkel, dass auch Michi erleichtert die Schultern wieder fallen ließ, „Unsere Postleitzahl is 12345."

„Wollen Sie mich verarschen?", fragte die Kassiererin. Ich wusste insgeheim natürlich, dass das nicht die Schuld von ihr war. Die ganze Gaudi hatte sich wahrscheinlich irgendein frisch beförderter Junior-Chef einfallen lassen, der sich gleich mal vor allen profilieren wollte und dieses Paradebeispiel an Schwachsinn etablierte.

„Na, wirklich.", beantwortete ich die Frage, drehte mich zu Michi und zwinkerte ihm zu. Er sah mich nur stoisch an und verfluchte sich wohl selbst, dass er mich auf meiner Shopping-Tour begleitet hatte.

„Exklusive Wohngegend, kaum Staus. Wir haben an liebenswerten Bürgermeister mit Kugelbauch und Zylinder und a Museum für Erotikliteratur, Studenten und Senioren mit ermäßigtem Eintritt."

„Hör zu, du Klugsch...", setzte die Kassiererin an und wurde vom Filialleiter unterbrochen, der hinter sie getreten war und ihr die Hand auf die Schulter gelegt hatte.

„Wo liegt das Problem?", fragte mich der hagere Kerl. Er war etwa Ende fünfzig, hatte schütteres, kurzes Haar und wirkte unnatürlich dünn. Seine Adern drückten sich stark durch seine Handrücken und seine Augen waren tief in den Höhlen verpflanzt.

„I will meine Postleitzahl ned hergeben.", sagte ich.

„Wieso nicht?", fragte er. Er strahlte einen ernsten, keineswegs abweichenden Blick durch seine Augengläser.

„Naja, i weiß ned, welche Ostmächte oder Geheimdienste Ihren Laden aufm Lohnzettel haben, aber i spiel da ned mit."

Der Filialleiter nahm die Hand von der Schulter der Dame.

„Wie alt sind Sie?", fragte er.

„Weiter geht's.", lachte ich.

„Verdammte Scheiße!", schrie er und ließ mich erschrecken, „Sie sind doch vielleicht knapp über zwanzig. Wissen Sie eigentlich, wie Sie hier mit uns reden? Zeigen Sie mal ein bisschen Respekt, Sie Wichtigmacher!"

Ich sagte nichts. Ich war so erschrocken, dass mein Kater umgehend verschwunden war.

„Wir reißen uns hier fünfzehn Stunden am Tag den Arsch auf und dann kommen zwei so Hosenscheißer und reden mit uns, als wären wir auf der Brennsuppe dahergeschwommen!"

Das war einer der Momente, wo mir klar wurde, dass manche Leute meinen mehr als ironisch beißenden Mist ernst aufzunehmen schienen. Und ich glaube, es war das erste Mal, wo ich ihn infrage stellte, diesen lakonischen Sarkasmus. Diesen Zynismus, den ich mir nach meiner von Unsicherheit und Selbstgeringschätzung geprägten Jugend anlegte und den ich immer als Schutzschild vor mir hertrug oder als fixiertes Tau benutzte, um mich hier und da aus den reißenden Strömungen des Alltags ans Ufer zu ziehen.

Ich verlangte nie viel vom Leben. Nur, dass man mich in Ruhe ließ. Schnapsflaschen aufs Band legen, bezahlen und nach Hause fahren. Ich merkte, wie ich mich innerlich schluckend zurücknahm und traute mich nichts mehr zu sagen. Wie versteinert stand ich nur da und schaute den Kerl an.

„83022.", seufzte Michi von hinten her mehr, als er denn sagte. Er war meine Aussetzer längst gewöhnt und nahm es mir nur wenig übel.

Die Kassiererin tippte die Nummer ein, Michi nahm ein paar Treuepunkte entgegen, wir packten unser Zeug zusammen und verließen den Laden. Ich sagte die ganze Zeit immer noch kein Wort mehr.

Vor der Tür sah ich, wie graue Wolken die dunkelblauen in Richtung Alpen drückten und wie der frisch geplatzte Regen auf dem scheinbar noch immer heißen Asphalt des Parkplatzes nach oben evaporierte. Ich dachte nicht viel, nur dass es eines der schönsten Dinge war, die ich seit Langem gesehen hatte.

„I check ned, warum des Treuepunkte heißt.", sagte Michi, als er die Aufkleber in seiner Hand ansah, „I war zum ersten Mal da drin. Die nehmen's echt easy mit ihrer Treue."

„Ja, mei.", seufzte ich mit schlechtem Gewissen und schaute dem verdampfendem Regen auf dem Asphalt weiter zu, „Infinity Pools sind a ned unendlich."

Gottverdammt und Gruzifix

Es war still und die Leute verließen der Reihe nach wortlos das Esszimmer und wanderten raus in den Garten, wo das Lagerfeuer schon leuchtend aufhellte. Ein Stuhl nach dem anderen wurde frei, wie bei einer umgekehrten Reise nach Jerusalem.

Markus stand immer noch an dem zum Gewölbe geformten Durchgang zwischen Küche und Esszimmer, mit verschränkten Armen und schaute mich an, wie ich mehr und mehr zum letzten Übriggebliebenen am Tisch wurde. Sein Blick pendelte sich irgendwo zwischen Enttäuschung und Zorn ein und wich kaum von mir.

Ich konnte ihn nicht recht ansehen. Ich wollte, doch ich konnte nicht. Meine Augen wanderten durch den Raum, bis ich der letzte Sitzengebliebene war.

„Na, los.", forderte Markus auf – etwas bedrohlich für meinen Geschmack – und nickte in Richtung Haustür. Ich stand auf und ging geknickt vor ihm her in Richtung der Garderobe, die direkt im Eingangsbereich vor der Haustür angelegt war. Kein Wort war seit meinem anstößigen Witz vergangen. Dann brach ich das Schweigen.

„I hab doch ned wissen können, dass…"

„Halt einfach dein Maul, Toni.", würgte mich Markus mit genervtem Ton ab. Er stand hinter mir und sah mir zu, wie ich in meine abgetretenen Reeboks schlüpfte. Mein Gewissen wurde so nicht wirklich ins Weltall gehoben. Aber so etwas kannte ich.

„Die Jessica leidet genügend unter den Umständen.", fügte er an.

„Woher soll i des denn wissen?", versuchte ich mich weiterhin zu verteidigen.

„Da Umstand von da Jessica zu dem Thema is doch bekannt."

„I hab die zum ersten Mal gesehen heut'."

„Red di ned raus, Toni. Des war doch offensichtlich, wenn man sie anschaut."

„Hast du des wirklich gerade gesagt?"

Es half nichts. Ich musste gehen. Gottverdammt und Gruzifix. Unfreiwillig einen Witz zu machen, der jemanden beleidigt, das erinnerte mich an den Kerl am Ludwigsplatz, der immer samstags die Crepes verkaufte. Er tat es, um den Leuten was Gutes zu tun mit seinen leckeren Crepes. Mit einem Lächeln, jeden Samstag. Aber niemand hatte ihm jemals gesagt, dass die Dinger einfach beschissen waren.

„Sag mir nur eins:", eröffnete ich mein Schlussplädoyer, „War's dei' Idee, mi rauszuschmeißen, oder die von da Johanna?"

Ich hoffte auf Zweiteres, schließlich konnte mich Markus' Freundin seit der Grundschule schon nicht leiden und mich würde ein Rauswurf vom gemütlichen Dinner ihrerseits nicht schockieren.

„Meine.", sagte Markus und fuhr umgehend fort, „Toni, i glaub', es wär besser, wenn wir uns a Zeitlang vielleicht ned sehen würden. Du bist in letzter Zeit irgendwie komplett aufm Holzweg unterwegs und die Nummer heut' war eine zu viel. Fahr mal in Urlaub oder sowos."

Ich sah den Ernst der Lage, doch ich konnte es nicht lassen.

„Markus…", führte ich mit Rehaugenblick und gespielt aufgeschraubtem Akzent an, als ich in der offenen Tür stand, „Machst du etwa Schluss mit mir?"

Markus' Augen rollten nach oben.

„Siehst du des? Du führst di auf, wie a Vierjähriger."

„Wir wollten doch nach Saint-Tropez.", ergänzte ich meinen Joke wie ein drolliges 50er-Jahre-MGM-Starlett, das unbedingt die Beziehung zu ihrem rauchenden und Whiskey trinkenden Schwarm kurz vor dem vierten Akt retten will.

„Entschuldigung… du führst di ned auf, wie a Vierjähriger. Du bist a Vierjähriger!"

„Ja, aber i darf scho mit de' Sechsjährigen abhängen."

Markus schmiss die Tür zu. Zurecht. Und auch nicht.

Ich verstand den Umstand, dass er mit der Zeit neue Freunde gefunden hatte, vor denen er sich vielleicht für seinen Kindheitskumpel zu schämen vermochte. Ich verstand auch, dass man sich irgendwo neu orientieren möchte und den juvenilen Blödsinn aus der Pubertät nicht wie ich mit in seine Zwanziger schleppen will. Ich verstand ja sogar den Umstand, dass man sich vor seiner Freundin als Vorzeigepartner gibt, der nicht mehr raucht und das alte Rosenheimer Helle aus dem Saftglas gegen Spritzwein oder Chardonnay tauscht. Wir müssen ihn noch etwas atmen lassen.

Am Ende des Tages reden wir hier allerdings von einem harmlosen Witz, den ich dem falschen Publikum vorgespielt hatte. Nicht, dass es irgendeinen Anschein erweckte, dass ich mein Publikum bei Johannas Dinnerparty finden würde, als ich die anderen Gäste sah. Ein Pärchen im Partnerlook, das ununterbrochen von den Pauschalreisen in von Touristen verschonte Orte wie Hurghada und dem Ballermann in Erinnerungen schwelgte. Der Typ aus Markus' Arbeit, der jeden mit Digga und Brudi ansprach und zwei Sekunden nach seiner Ankunft in knöchelfreien Hosen und Man-Bun nach dem WLAN-Passwort fragte. Oder dem Wi-Fi, wie er es nannte.

Und da war ja noch der Bursche aus Johannas Pilates-Klasse, dem in diesem Moment wohl einer abging, als er mit seiner Beanie und seiner Akustikgitarre das Lagerfeuer noch mehr zum Lodern brachte.

Ich wusch meine Hände in Unschuld. Wortlos schielte ich minutenlang auf die geschlossene Haustür vor mir, bevor ich langsam von ihr wegging. Ich lauschte den Klängen, die vom Lagerfeuer aus dem Garten vor zu mir auf den Gehweg strömten. Es war eine klare Nacht und ich redete mir plötzlich mit jedem Schritt in Richtung Zuhause ein, dass ich vielleicht doch Scheiße gebaut hatte. Ich steckte mir eine an und entfernte mich Schritt für Schritt von dem dekadenten Herrenhaus von Johannas Eltern.

Mit schleifenden Schuhen schlich ich sie hinab, die Prinzregentenstraße, Rosenheims hauseigener Park Avenue. Wo sich das Haus von Johannas Eltern auch nur dazugesellte in eine Reihe restlicher Prunkbuden.

Als ich an meinem Apartmenthaus ankam, war ich ziemlich aus der Puste. Aus der Puste? Was für ein Scheißwort. Ich sollte mehr Sport machen, dachte ich mir.

Ich stieg die knarzende Treppe hinauf, sperrte meine Wohnung auf, ließ erschöpft den Schlüssel auf die Kommode im Flur gleiten, schlich hinüber ins Wohnzimmer und ließ mich auf den Sessel mit der herausstehenden Feder fallen.

Markus würde ich in nächster Zeit nicht mehr sehen, dachte ich. Scheiß drauf, dachte ich dann, grinste und zündete mir noch eine an.

Ich ging raus auf den Balkon und schnaufte die warme Nachtluft des Sommers ein. Eine dunkelblaue Nacht, verziert mit gelben Lichtern. Ein Hauch Freiheit, ein Zug Frische, eine Prise Feinstaub. Nochmals dachte ich an Markus' Worte und daran, dass ich vielleicht wirklich mal wieder in den Urlaub sollte. Vielleicht nach Saint-Tropez. Genau, Brudi. Nach Saint-Tropez.

Die Angesagten

Seppi und ich hatten uns gegenseitig weinende Emojis auf unseren Smartphones hin- und hergeschickt. Ich zollte dieser Tatsache besondere Aufmerksamkeit, denn Seppi und ich kamen nicht mehr so oft zusammen. In der Realschule damals waren wir ein unschlagbares Team, der weitere Lebensweg ließ uns allerdings etwas auseinanderdriften.

Seppi hatte mittlerweile eine angesehene Stelle bei einem Bauunternehmen oder so und ich studierte halt nunmehr seit x Semestern und lebte in jeden Tag hinein.

Wir sahen uns immer weniger. Und das, obwohl wir nicht mal drei Kilometer auseinander wohnten. Ich hing mehr mit Leuten vom Studium ab oder mit Ferdl oder Michi, Seppi dagegen war in einer längeren Beziehung und verbrachte die Wochenenden in den Bergen oder flog mit seiner Gemahlin nach Kuala Lumpur oder hing mit Arbeitskollegen ab. Wo kein Wille war, war halt auch kein Weg. Jedenfalls genossen wir es hier und da, wenn wir doch wieder auf Bierfesten, Geburtstagsfeiern oder mittlerweile Hochzeiten zusammentrafen.

Und genau so eine Gelegenheit tat sich eben auf: Seppi und ich waren auf eine jener Geburtstagsfeiern zusammen eingeladen worden. Matthias – Hias –, ein Klassenkamerad aus unserer Realschulzeit, lud uns ein, wie jedes Jahr. Die letzten beiden Jahre hatten wir abgesagt, da wir den jährlichen Ableger der jeweilig anstehenden Hollywood-Blockbuster-Reihe um

Weihnachten im Kino sehen wollten.

Das diesjährige Wochenende wäre auch um eine Absage nicht herumgekommen, jedoch tat sich sonst gleich gar nichts. Es war wieder eine der Situationen, die ich nie besonders leiden konnte. Keiner hatte Zeit. Jeder ist im Pärchen-Urlaub, muss arbeiten oder ist krank. Am Wochenende zuvor hätte ich mich vierteilen können, so viele Sachen waren angestanden. Und dieses Wochenende ging eben nix. Aber Seppi schien in einer ähnlichen Lage zu sein, weshalb wir uns entschlossen, den diesjährigen Ableger aus Mittelerde oder einer fernen Galaxie im Kino ebenfalls zu vertagen und Hias' Einladung anzunehmen.

Seppi, Hias und ich waren in der Schule eine komische Clique. Wir waren nicht wirklich die Angesagten, die die hübschen Mädels abkriegten und die geilen Autos fuhren, weil sie mit neunzehn immer noch in der zehnten Klasse rumeierten. Wir waren aber auch nicht die Nerds, die im Sperrmüllcontainer bei der Feuertreppe eingesperrt oder ins Klo gestippt wurden. Wir waren irgendwo dazwischen. Aufstrebende, gelangweilte, fies pubertierende, ängstliche Jünglinge, die sich gegenseitig heimlich Pornovideos über Bluetooth-Connection schickten und keine anderen Probleme hatten, als den Unterschied zwischen Garage-Rock und Alternative zu erklären oder die Körbchengrößen von Profi-Wrestlerinnen zu diskutieren.

Jedenfalls war ich gerade auf dem Weg zu der Geburtstagsfeier, zu der wir uns entschlossen hatten, hinzuquälen. Seppi brauchte mich genauso, wie ich ihn, auf der Feier. Ich las nochmal den Chat mit ihm und den Emojis und musste schmunzeln.

Gelangweilten Schrittes marschierte ich durch den abendlich dekorierten Christkindlmarkt am Rosenheimer Max-Josefs-Platz. Es war zwar bereits dunkel, dennoch recht früh am Abend. Junge Mütter in schwarzen oder grauen Mänteln hasteten an mir mit vollgepackten Einkaufstüten vorbei, halbwüchsige Musterschüler läuteten den Beginn der Weihnachtsferien mit 5-Euro-Discounterwodka auf verschiedenen Sitzgelegenheiten in der Altstadt ein. Den kompletten Weg durch den Christkindlmarkt mischte sich der rauchige Holzgeruch aus den Schornsteinen vom Nachmittag mit den Zimt-, Gewürz- und Teegeschmäckern des Abends unter meiner Nase zu einem weihnachtlichen Geruchsfeuerwerk, das erst erlosch, als ich am Ende des Platzes an der im Kreis fahrenden Mini-Eisenbahn für die Kinder ankam. Ein paar Blocks noch, dann hätte ich es geschafft.

Hias, mit dem ich seit der Schulzeit auch nur noch sporadisch Kontakt hatte, wenn ich seine jährlichen Geburtstagsfeiereinladungen absagte, feierte in einem dieser schicken neuen Burger-Lokale, die nun überall aus dem Boden gestampft wurden. Wo Leute den ursprünglichen Sinn, einen Burger mit der Hand zu essen, einfach für die gehobene Moderne über Bord warfen und dafür das Besteck benutzten. Dort, wo es anstatt Krautsalat Cole Slaw gab und wo die Softdrinks in trendigen alten Einmachgläsern mit Strohhalmen aus wirklichem Stroh oder Bambus serviert wurden. Herrschaftszeiten.

Ich kam mit einer kleinen, aber schicken Verspätung an dem Laden an, den ich zuvor noch nie von innen gesehen hatte, und sah von Weitem schon Seppi, der seinen linken Arm hob und wortlos mit seinem rechten Zeigefinger auf eine unsichtbare Uhr klopfte, um mich auf meine Unpünktlichkeit aufmerksam zu machen.

Wir waren zirka zwanzig Minuten bereits drüber, spielten aber dennoch ein wenig auf Zeit, indem wir uns noch eine Zigarette anzündeten und uns noch eine passende Ausrede für ein mögliches frühes Verabschieden von der Feier ausdachten.

Dann betraten wir das fast schon nobel wirkende Burger-Restaurant. Es war im Erdgeschoss eines Rosenheimer Altbaus unter einer Gewölbedecke und war ähnlich rustikal eingerichtet wie die typischen Poster-Boys auf den Covern von Fitness-Magazinen: viel Holz und wenig Licht.

Die einzelnen Tische waren jeweils mit einer eigenen Deckenleuchte versehen, die Stühle wirkten alt und gebrechlich und es schien, als wurde vor der Eröffnung einfach einmal kurz drüberlackiert.

Nach ein paar Schritten in das Restaurant, wo uns umgehend

ein warmes Klima und eine Welle an fettig duftenden Gerüchen entgegenströmte, winkte uns ein Männchen von einem Zehner- oder Zwölfertisch auf der anderen Seite des Raumes aus zu. Wir gingen rüber.

Es waren anscheinend noch immer nicht alle da, aber wir stellten uns bei den bereits anwesenden unbekannten Gesichtern vor. Ich winkte kurz und sagte, wer ich bin. Nämlich Zaunmüller, Anton Zaunmüller. Angehender Bachelor of Engineering. Na, Schmarrn. Ich sagte, ich wäre Toni.

Seppi machte da ein ganz anderes Zenober draus. Er wanderte um den Tisch und gab jedem die Hand. Naja, ich weiß auch nicht. Ich setzte mich einfach an den Tisch und gut war's.

„Und? Wie geht's euch so?", fragte Hias, völlig aufgedreht.

Wir nickten aufgesetzt schmunzelnd und überreichten ihm das Geschenk, das wir besorgt hatten. Es war eine Flasche Sapphire, weihnachtlich eingetütet. Er zog sie aus der Tüte raus und freute sich wie ein Schellen-König. Komm runter, Alter. Es ist nur ein Gin. Ich kaufte ihm die Tour nicht ab, sagte aber nichts.

Mehr und mehr Leute trudelten ein und mir fiel auf, dass die anscheinend immer jünger wurden. Oder wurden wir immer älter? Keine Ahnung. Jedenfalls durften einige von den neu dazugestoßenen Gästen gerade einmal Auto fahren, wenn überhaupt.

Jedes Mal, wenn ein neuer Gast kam, durften Seppi und ich

aufstehen, um Hias aus der Ecke, um die wir saßen, herauszulassen, damit er die Leute anständig begrüßen konnte. Bussi rechts, Bussi links. Und wieder aufstehen.

Wir bestellten alle unsere Drinks und die Burger gleich mit. Oder die Salate, je nachdem. Seppi konnte sich sofort in Gespräche der anderen miteinschalten, ich dagegen fand irgendwie nicht so richtig Anschluss. Ich konnte irgendwie mein Interesse nicht auf die Allgemeinheit projizieren. Ich saß da am Bürgermeisterplatz auf der Stirnseite des Tisches und dachte wortlos über die Dokumentation nach, die ich mir ein paar Tage zuvor angesehen hatte. Dauernd fragte ich mich, tagträumend in die Luft starrend, wie die Aliens damals die Pyramiden bauten. Die Dokumentation hatte das Thema zwar angekratzt, war aber nicht tiefer darauf eingegangen. Die hatten doch auch nur einen humanoiden Körperbau. Wie zum Teufel ging das?

„Toni?", fragte plötzlich ein junges Mädel neben mir, die sich anscheinend meinen Namen von der Vorstellung gemerkt hatte. Ich wusste ihren nicht mehr. Naja, war ja auch erst zwölf Minuten her.

„Hm?", fragte ich, nachdem ich aus meinem abendlichen Tagtraum gerissen worden war.

„Was meinst du?"

„I glaub', die haben des mit Telekinese gemacht."

Verdutzte Blicke bauten sich auf. Ähnlich wie die Pyramiden

vor den versklavten Ägyptern damals. Altbekanntes Prozedere.

„Sorry, um wos geht's?", fragte ich, nahezu wieder bei vollem
Bewusstsein.

„Glaubst du, beim Steak würzt man besser davor oder da-
nach?", fragte der Bursch wiederum zu ihrer Rechten. Oh,
Mann. Wieder so einer, der den abgedroschenen Achtziger-
Jahre-Trick ausbuddelte, indem er versuchte, Weiber mit
Kochkünsten ins Bett zu kriegen.

Beide grinsten und glotzten mich mit konzentrierten Blicken
an, als würden sie schon Ewigkeiten über das Thema diskutieren und alles an meiner Meinung nun festmachen wollen.

„Davor?", tapste ich mich in eine Antwort, mehr fragend als
sagend.

„Aber dann ziehen sich doch die Poren zu.", entgegnete der
junge Mann. Als würde das eine Rolle spielen, ob Poren zu,
offen, kariert oder purpurn sind.

„Dann weiß i a ned."

Nach einer Weile kam das Essen an den Tisch und mein Magen knurrte ein letztes Mal noch mit aller Kraft, als meine
Nase den Geruch einfing und ein Signal durch den Körper gab.
Erstaunt betrachtete ich dieses kulinarische Kunstwerk vor
meinen Augen. Das Fett lief an den Seiten herunter, der Bacon
wirkte beim Anschauen schon kross.

Ich war nun also dabei, den Burger zu nehmen, da hielt mich

eine Hand auf meiner Schulter davon ab. Zuerst ein Selfie mit allen zusammen und dem Essen drauf. Eine fröhliche Forderung von der anderen Seite des Tisches. Ach, diese Kids wieder. Jeden Scheiß fotografieren. Wieso gab sich Hias überhaupt mit gar so jungen Menschen ab? Diese Frage stellte ich mir mehrmals an diesem Abend. Seppi und ich hatten doch auch gleichaltrige Freunde. Aber Hias schien sich pudelwohl zu fühlen zwischen Fahranfängern und Halbwüchsigen.

Sie waren die Generation nach der Generation Y. Generation Post-Y2K. Generation Jogginghose. Generation fast. Fast wären wir von den Bullen verhaftet worden. Fast wären wir in den Club gekommen. Generation Schnulzen-Rap. Generation Politisches Interesse. Generation Cola ohne Eis. Generation BWL auf Englisch. Generation Süßkartoffelpommes. Generation Floss Dance. Generation Man-Bun. Generation Katzenvideos. Generation Intro überspringen. Generation Bottle Flip. Generation Guckloch. Generation Dab. Generation mir mittlerweile fremd. Ich wusste natürlich, dass ich mit der Zeit zu einem kompletten Misanthropen geworden war. Ich war sogar so ein Psycho, dass ich es selbst noch wusste.

Ich tat für das Gruppenfoto so, als würde ich lachen und verspeiste nun absichtlich bestecklos meinen Burger. Der Stinkefinger an die Gediegenen. Was mit dem Foto geschah, erfuhr ich nie. Es verschwand wohl in einer der Social-Media-Story-

Fluten in den ewigen Jagdgründen des Internets. Und die Aufträge an die Smartphones waren noch lange nicht abgerissen. Beinahe jedes Essen wurde zusätzlich noch einzeln fotografiert, um ebenfalls die Internetlandschaft zu bereichern. Ich sah die Leute an und vermochte nicht zu begreifen, wer sich denn verdammt nochmal das Essen von anderen im Internet ansieht.

Ich konzentrierte mich nun auf mein langersehntes Essen und genoss es in allen Zügen. #foodporn.

Das Essen war schneller vorüber als gewünscht und ich bestellte mir noch ein Bier. Seppi und Hias taten es mir gleich. Ich lehnte mich zurück und legte meinen abgewinkelten Arm auf der Lehne der Eckbank links neben mir ab. Der aufgeklappte Hemdkragen stand mir in die Backen.

Wir begannen wieder zu quatschen. Über das Wetter, den Wolf, die Politik, die Ziele, die Vergangenheit. Seppi grub immer wieder alte Kriegsgeschichten aus unserer Jugend aus, als wir nachts in den Zirkus einstiegen, der bei uns in der Stadt war, oder Hundescheiße in die Schuhe unserer Lehrerin packten. Wir lachten, es wurde angenehmer.

„Was machst du?", fragte plötzlich das Mädel ein paar Plätze neben mir.

Ich kam des Öfteren in die Situation, über mein Leben zu erzählen, da ich gerne zu Feiern eingeladen war, wo ich den Großteil der Leute nicht kannte. Mit der Zeit eignete ich mir an, aus dieser Frage einen kleinen Schmäh zu machen. Weil, mal ehrlich: keiner wollte doch die Geschichten über einen Langzeitstudenten hören. Und die Geschichten über meine wahren Einkommensquellen aus der Komparserie in der florierenden Film- und Fernsehlandschaft Deutschlands hatte ich schon zweihundert Mal irgendwo erzählt. Also suchte ich mir auf die Frage, was ich denn so machte, einfach eine neue Beschäftigung.

Ich ließ die klassischen Berufe wie Bäcker, Lehrer, Metzger oder Vision Clearance Engineer aus und versuchte, etwas Kreativität miteinfließen zu lassen. Ich erzählte dann gerne mal, ich wäre Förderer des Instituts für globale Erwärmung, Tester von Parfüm-Testern, Proband für Brustimplantate, Besitzer des Fidget-Spinner-Patentes oder professioneller Salmonellenangler im Sportfernsehen.

„I bin Vertreter für Umschnall-Dildos.", sagte ich, meiner Meinung nach sehr glaubwürdig.

„Jetzt geht des scho wieder los.", hörte ich Seppi vor sich hin murmeln, als er zeitgleich zur Seite weg schaute und sich mit der Hand durch die Haare fuhr. Hias und der Typ, der mich nach den Steaks gefragt hatte, schauten mich verwundert an. Das Mädel fand's zum Schießen. Irgendwann musste ja mal einer hinhauen. Es stellte sich heraus, dass dies der Beginn einer langen und lustigen Konversation in immer größer werdender Runde sein sollte.

Wir saßen da, verbrachten eine angenehme Zeit. A bissl ratschen, a bissl blöd daher reden. Dann musste ich Hias wieder im Viertelstundentakt hinauslassen, um die Leute diesmal zu verabschieden. Spontan lange zu sitzen war für Hias' Gästeliste wohl nichts, dachte ich mir. Der eine musste zu einer anderen Feier, der andere hatte Abendyoga.

Aber egal, Seppi und ich waren direkt verwundert, dass wir so einen angenehmen Abend erleben konnten. Hatten wir anfangs noch an die gefühlt zehnte Absage in Folge gedacht, so war dies schon eine Hausnummer.

So gegen elf war das Restaurant nahezu leer. Außer unserem restlich verhockten Tisch war da noch eine Achter- oder Neunergruppe ein paar Plätze weiter. Die hatten wohl eine betriebliche Weihnachtsfeier oder ähnliches. Betrachtete man deren einheitlichen Auftritt mit Schneckerlfrisuren und der Strickmützen, gepaart mit sportlicher Funktionskleidung, handelte es sich wohl um Architekten oder Ingenieure. Sie lachten laut und seit einiger Zeit hatte sie wohl der Alkohol gedanklich überholt, was sie zum Grölen und zum lauten Brüllen verleitet hatte.

Als Hias seine Geschenke geöffnet hatte, hatte der erste von den Bleistiftschwenkern aus der Gruppe drüben schon die erste blöde Bemerkung in Richtung unseres Tisches verübt. Wie einer dieser emotional aufgeladenen Fußballkommentatoren aus dem Pay-TV baute er bei jedem Geschenk für seine ebenso zu dem Zeitpunkt bereits bis zum Eichstrich befüllten Kumpels Spannung auf und moderierte, was drin war. Keiner von uns dachte sich nichts weiter und ich tat zumindest so. Würde die Welt nach meiner Vorstellung gelaufen, wäre ich rübergegangen und hätte den Typen bei den Locken gepackt und ihm mit der Tischkante bekannt gemacht. Doch der Tagtraum verblasste und die Vernunft obsiegte.

Doch nun war es erneut so weit: einer dieser Mittvierziger drehte sich wieder zu uns und machte Bemerkungen über eines der übriggebliebenen Mädels, die noch an unserem Tisch verweilten. Hias sagte nichts, das Mädel selbstverständlich auch nicht. Der Freund des Mädels sagte nichts. Seppi schien zu wollen, aber nicht zu können. Und ich wartete insgeheim nur seit zwei Stunden darauf.

„Oida!", schrie ich hinüber, als ich aufstand. Der Typ mit den unflätigen Kommentaren hatte sich da schon wieder in seinen Akademikerkreis umgedreht und sich mit den Ellbogen auf dem Tisch gelehnt. Das große Gelächter des Tisches war verschluckt. Ich weiß gar nicht mehr, was er genau damals an unseren Tisch rübermaulte.

Eigentlich war ich immer eifriger Teilnehmer des Anstands, wenn es um den standardgemäßen Respekt vor den Älteren ging. Die meisten Älteren gingen mir ja auch nicht auf den Zeiger. Die wedelten mal mit dem Finger, wenn ich zu schnell fuhr, oder beschwerten sich irgendwo in der Reihe vor mir, was mich zum Warten zwang.

Aber der hier, vergiss es. Und so viel älter war der auch nicht. Eine körperliche Auseinandersetzung zwischen uns wäre meinerseits moralisch immer noch absolut vertretbar gewesen. Er war halt nur eine Generation vor mir. Die Generation Polohemd. Die Generation „Wir haben noch ein Handwerk gelernt". Generation Pulled Pork, Generation Skitour, Generation Soft Shell, Generation Zipper statt Schnürsenkel, Generation „Dirndl, setz' di mal auf mein' Schoß". Und ich sollte – zumindest berufstechnisch – auch irgendwann zu der Spezies gehören. Falls die Typen denn überhaupt Architekten oder Ingenieure waren. Vielleicht waren es ja auch Anwälte. Fuck.

Jedenfalls drehte er sich zu mir um und sah mich, auf dem Tisch mit den Fäusten abgestützt. Das internationale Zeichen dafür, dass ich die Konfrontation annehme.

„Redest du mit mir?", fragte plötzlich sein Nebenmann, der sich in Kleidung und den anderen Äußerlichkeiten kaum von dem Kerl mit den schlauen Sprüchen unterschied.

„Toni, lass doch.", meinte Seppi, Unruhe in seinen Augen verwurzelt. Mir war's wurscht. Die letzte physische Auseinandersetzung musste ich im Kindergarten gehabt haben, als der Enkel vom alten Moosleitner gemeint hatte, Sechzig wäre cooler als Bayern. Da wurde noch für die Ehre gekämpft.

Aus den übrigen, beinahe geschehenen Keilereien konnte ich mich immer mit Wortwitz herauswinden.

„I red mit deiner Schwester.", sagte ich zu besagtem Nebenmann und leckte mir die Oberlippe, als ich mir wiederum dieses gewitzte Lächeln aufsetzte und danach einen kräftigen
Schluck aus meiner Halben nahm. Die letzte Ölung.

Die beiden Jungs standen auf und richteten ihren Schritt in
meine Richtung. Die Anderen ihres Tisches standen auch auf,
machten mit ihrer Körperhaltung allerdings klar, dass sie für
diese Sache nur als Zuschauer zu haben sind und glotzten gespannt hinterher.

Während ihres Ganges zu unserem Tisch flogen ein paar Wortgefechte, die laut und undurchsichtig waren. Dann winkte ich
die beiden mit den Händen zu mir heran. Seppi erhob sich
schließlich, Hias auch. Auch der dickliche Freund des Mädels,
der eigentlich als Retter der Jungfrau in Nöten an meiner Stelle
stehen sollte, erhob sich nach überlegtem Zögern. Vielen Dank
übrigens, falls es keine Umstände macht.

Hias und Seppi kamen aus der Eckbank raus und stellten sich
neben mich. Wenn ich ehrlich bin, ging ich davon aus, dass
sich die Sache auf ein Aufstellen gegenüber und ein paar weitere alkoholgetränkte Wortgefechte hinauslief und danach beendet sein würde. Doch als der erste ausholte und mir eine ver-
passte, merkte ich, dass ich mich mal wieder irrte.

Ich ging in die gebückte Haltung, der Typ ließ kurz ab. Dann
knallte er mir eine zweite. Ich zuckte nochmal ein Stück nach
unten, nahm den Schwung aus der Beuge mit und knallte ihm

eine zurück. Seppi und Hias besorgten es dem anderen. Also, sie – naja – sie behielten ihn in Schach, sagen wir es so. Ich ging nach und schubste den Kerl zurück an einen der Tische zwischen seiner Gruppe und meiner. Biergläser brachen, Stühle fielen um und ich ging nochmal nach.

Die Zuschauer vom anderen Tisch kamen nun auch auf mich zu und hielten mich weg. Es dauerte alles so sieben oder neun Sekunden, kam mir allerdings weitaus länger vor. Der Freund des Mädels versuchte, die Leute zu trennen. Es war ein Chaos. Der Wirt kam herbei – vollster Freude, dass wir die gefühlte Hälfte seines Inventars auf dem Gewissen hatten – und bat den Typen mit den Sprüchen zu gehen. Ich wurde auch zum Bezahlen bewegt. Die anderen wurden kräftig ermahnt, jedoch mit einer freundlichen Note, langsam auch den Laden zu verlassen.

Ich ging vor zur Theke und bezahlte mit Karte. Dann entschuldigte ich mich. Der Wirt gab mir recht, meinte, die Jungs wären öfter bei ihm und würden wiederholt Probleme machen. Und was soll er machen, meinte er. Er hätte gerade erst eröffnet und wäre um jeden Gast froh.

Ich legte ihm einen Zwanziger in bar hin für die gebrochenen Gläser und bekam, als gute Geste gedacht, ein Tuch mit Eiswürfeln, mit dem ich die Schrammen der Schlacht kühlen konnte.

Ich ging zum Ludwigsplatz, die anderen blieben noch und

tranken aus. Ich setzte mich an den Brunnen und hielt mir das Eis an die Augenbraue.

„Hey, Don Quichotte!", schrie Seppi, als er ein paar Minuten nach mir hinter mir auftauchte. Er meinte, ich hätte alles richtig gedacht, aber vielleicht falsch umgesetzt. Wir setzten uns beide an den Brunnen, der wegen des Winters abgestellt worden war. Wir sagten nichts, rauchten eine Zigarette und beschlossen, nie wieder zu Hias' Geburtstag zu gehen.

Das Ende

Wie jeder andere Tag begann dieser hier genauso mit dem Aufwachen. Nur, als ich aufwachte, bemerkte ich, dass der Tag mehr am Ende war als am Beginn. Es war bereits Nacht.

Wände vibrierten im Gleichtakt, die Luft roch abgestanden. Ich brauchte ein paar Momente, um zu realisieren, wo ich überhaupt war. Vom Alkohol und vom Schlaf durcheinandergeworfen saß ich auf einer hellbraunen Couch im Wohnzimmer eines halbnoblen Vorstadthauses und sah vor mir schattige Umrisse von Leuten, die sich im gedimmten Licht bewegten. Das Bild wurde schärfer.

Typen in weiten Jogginghosen und mit tief in die Gesichter gezogenen Strapback-Caps ruderten mit geballten Fäusten ihre Arme auf, bis ihre Ellbogen maximal abwinkelten, und stießen sie danach wieder in Richtung Boden. Es sah aus, als würden sie einen unsichtbaren Müllsack in hohem Tempo ausleeren. Oder einen sehr breiten – und ebenfalls unsichtbaren – Presslufthammer bedienen. Sie bewegten sich allesamt zu einer aggressiven Techno-Musik, die wohl ansonsten nur auf Partys in dunklen Kellern gespielt wird, wo sich Typen mit Gasmasken oder Pferdeköpfen in Latex, Lack, Leder und Ketten im Schatten grüner Laserstrahlen in der Ecke einen blasen lassen. Ich war zwar noch die auf so einer Party, aber ich denke, dass dort so eine Musik gespielt wird.

Weiter musterte ich mein Umfeld. Neben den Tänzern gab es

noch ein paar Leute, die quatschten, andere mischten Getränke in ihr Glas, wieder andere versuchten, zur Musik wirklich zu tanzen. Neben mir saß einer, dem man einen Motorradhelm aufgezogen hatte. Der schien ebenfalls zu schlafen, so leblos, wie der dalag.

Ich hatte bereits geschnallt, dass ich mich auf der Silvesterparty, zu der ich eingeladen worden war, befand, und wohl peinlicherweise eingenickt war. Ich checkte mein Handy und sah, dass es nunmehr halb vier war und dass ich wie gewohnt keine wichtigen Anrufe in Abwesenheit hatte. Nicht einmal solche konnte ich vorweisen.

Ich wunderte mich etwas, dass die Hütte um die Uhrzeit noch brechend voll zu sein schien und starrte durch die Luft, um zu überlegen. Den Jahreswechsel hatte ich noch miterlebt, so viel wusste ich. Über den Rest schieden sich die Geister.

Ich beschloss, da ich wohl die letzten Stunden nicht viel verpasst haben musste, mich auf den Heimweg zu machen. Ich nahm eine der Jacken neben der Eingangstür vom Haken und trat auf die von Häusern umringte Straße, die geradewegs durch die Vorstadtsiedlung führte. Es war eine saubere Gegend. Wo anständige Leute zu wohnen schienen.

Die Häuser, die ich der Reihe nach so vor mir betrachtete, hatten zumeist noch immer die Weihnachtsdekoration angebracht. Noch immer roch es nach den Böllern und Raketen, die zum Einläuten des neuen Jahres verschossen worden waren. Ein paar Typen standen vor der Haustür und rauchten und ratschten.

Wie jeder anständige Bundesbürger, hatte auch ich einen von mir bevorzugten Taxifahrer, den ich in meinen Notfällen nachts anzuwählen wusste. So auch hier.

Ich rief ihn an, wünschte zu allererst mal ein frohes neues Jahr und erklärte ihm, wo ich mich genau befand. Die Adresse kombinierte ich aus dem Straßenschild und der Hausnummer. Wie ein Profi.

Ich fummelte in den Taschen der Jacke rum, während ich nutzlos dastand, nur um mir die Zeit zu vertreiben und fand einen alten Parkschein. Dann tastete ich meine Hose ab. Handy da, Schlüssel, Zigaretten auch. Geldbeutel nicht. Gruzifix. Ich war nicht wirklich negativ überrascht oder gar schockiert. Mehr genervt und mich glücklos fühlend.

Dann fiel mir ein, dass ich ja gerade ein Taxi bestellt hatte, das ich höchstwahrscheinlich zu bezahlen hatte. Ja, Gruzifix nochmal. Wo war dieser Scheiß Geldbeutel? Ich tastete wieder und wieder alle Taschen ab. Vor dem Taxifahrer weglaufen war für mich keine Option und ich würde es nie wieder tun, so viel war für mich sicher. Beim letzten Mal war ich durch ein aufblühendes Maisfeld gelaufen, verfolgt von einem kleinen, runden Kerl mit ebenso runder Frisur. Die Schnitte im Gesicht und die blauen Flecken überall am nächsten Tag waren es nicht wert gewesen.

Ich ging die letzten Stunden durch, bevor ich wie der klassische Dorfalkoholiker umringt von einhundert Menschen auf der Couch bei lauter Musik eingeschlafen war.

Also, ich war nach dem Schießen zum Neujahr an der Bar gewesen und hatte Kurze bestellt. Welche mit Sicherheit nicht unschuldig für meine kurzfristige Verabschiedung in Richtung Schlaf gewesen waren. Dann hatte ich mit einem Mädel über ihr Studium der Gesundheitswissenschaften geredet und ein Bier dabei getrunken. Das hatte ich ausgetrunken und… Ferdl, na klar.

Ferdl hatte zum Jahreszapfenstreich nichts vorgehabt und ich nahm ihn mit auf diese Glasscherben-Rauswurfparty. Der musste doch irgendwo da drin sein. Normalerweise war er immer der Letzte, der von irgendwo ging. Meine Gedankengänge begannen zu explodieren. Ich dachte schneller, agierte motivierter. Jetzt kam alles wieder.

Ohne nachzudenken gab ich Ferdl meinen Geldbeutel, nachdem ich mich auf die Couch gesetzt hatte. In der Hoffnung, er hole uns noch zwei Bier. Dann war ich bekanntermaßen weggenickt. Die Suche nach Ferdl begann.

Ich ging wieder rein ins Haus. Wieder in die Dunkelheit, die von einzelnen bunten Lichtern im Wohnzimmer durchbrochen war. Wieder in die Stille, die von einzelnen dröhnenden Bässen durchbrochen war.

Ich rieb mir den Rest Schlaf aus den Augen. Eingepackt in einer dicken blauen Jacke streifte ich durch die Typen mit den Caps und dem wilden Tanzstil. Je weiter ich mich ins Haus vorarbeitete, desto dicker und rauchiger wurde die Luft. Und je näher ich bei Ferdl zu sein schien, desto schwieriger kam mir die Suche nach ihm vor. Aber so war das Leben ja ohnehin. Je näher man seinem Ziel kam, desto steiniger wurde der Weg zu jenem Ziel. Das hatten die Leihauto fahrenden und Sonnenbrillen tragenden Jungmillionäre in den Social-Media-Portalen längst propagiert, um ihre Schneeballsysteme zu bewerben. #entrepreneurship #billionairelifestyle.

Auf der Schweiß fordernden Tanzfläche vor dem aus Bierbänken zusammengezwungenen DJ-Pult war er nicht zu finden. Was mich nicht wunderte, denn Tänzer war er ohnehin keiner. Dass ich ihn allerdings an der Bar nicht fand, gab mir Zweifel auf. Dort lehnte er üblicherweise bis in die Morgenstunden und brachte seinen Unfug an die Mädels oder schlief mit dem Kopf am Tresen. Die Bar und Ferdl gehörten einander, wie der Cabriofahrer und die Racing-Kappe.

Einschlafen war ein gutes Stichwort, dachte ich mir, und ich begab mich in den ersten Stock, um die Schlafzimmer des Hauses zu durchsuchen. Die Familie der Gastgeberin war über Weihnachten und Silvester ausgereist. Irgendwohin, wo man das neue Jahr ein paar Stunden früher von einem Strand aus einleitete. Wurde mir gesagt. Sie – die Gastgeberin – erzählte, dass sie nicht mitkonnte, da sie ihre Abschlussthesis vorbereitete. Auf meiner Suche nach Ferdl hatte ich sogar mit ihr ein paar Takte darüber geredet.

Ich stieg die Treppe hinauf und je mehr Stufen ich erklomm, desto dunkler wurde die Atmosphäre. Noch dunkler. Denn im Erdgeschoss befanden sich wenigstens die Leute und die Musik und der Rest an Fröhlichkeit der Nacht. Im ersten Stock erwartete mich ein schlichtes Nichts.

Auf der finalen Stufe nach oben angekommen, ersuchte ich verzweifelt den Lichtschalter, meinte aber keinen zu finden. Ich tastete mich den Flur an der Wand entlang, Schritt für Schritt und vorsichtig. Ich nahm Geräusche wahr, jedoch unsicher, ob wegen des Alkohols, der Verschlafenheit oder weil wirklich etwas um mich herum abseits der Dunkelheit des Flures geschah.

Ich gelangte zu einer Tür auf der rechten Seite, hinter der sich was zu tun schien. Langsam drückte ich den Türgriff nach unten und schob die Tür nach vorne in den Raum. Ich wurde nervös.

Zwei Typen in Hoodies und Baggie-Pants saßen mit einem Mädchen zwischen ihnen auf einem Bett. Der eine baute einen, der andere unterhielt sich mit dem Mädel. Engelschöre ertönten heimlich in meinen Ohren, als der eine Typ den Bau seines Joints mit einem feinen Wischer seiner Zunge um das Paper abschloss. Schnell schwang ich mich um die Tür in den

Raum.

Nach kurzer Zeit schien das Zimmer benebelter als das Chiemgau an einem Novembermorgen und ich empfand es irgendwie als entspannend, dass man sich von mir so gar nicht gestört fühlte. Der eine Typ lachte und hustete zur gleichen Zeit, als er den Bubatz in meine Richtung hob und fragte zum ersten Mal was nach.

„Was hast du eigentlich gesucht?"

„Ach ja.", führte ich an und zog einmal nach einem kräftigen Halleluja, „An Ferdl habt's ihr zufällig ned gesehen, oder?"

„Wer is Ferdl?", fragte der andere Typ. Ich stand vor den dreien.

„Ach, wurscht.", sagte ich, zuckte mit den Schultern und reichte den Lötkolben an das Mädel weiter. Dann setzte ich mich dem Bett gegenüber auf den Boden und lehnte mich an die Wand. Die Arme ließ ich zwischen den Knien hängen. Der Torpedo ging ein paar Mal durch die Runde und die meiste Zeit starrte ich an die Decke und dachte an Nichts.

„Jedenfalls, was ich vorhin erzählen wollte…", fuhr einer der zwei Typen eine Geschichte fort, die wohl aufgrund meiner plötzlichen Anwesenheit gestört worden und seitdem nicht weiter fortgesetzt worden war, „Der Kerl hat den Mord dann überlebt."

Beinahe großes Erstaunen zeigte sich bei dem Mädel und dem anderen Typen. Mich begann es langsam etwas zu drehen und der Zeitlupenmodus war ebenfalls in den Startlöchern. Dennoch wurde ich etwas stutzig. Konzentriert und mit fragend zugekniffenen Augen schaute ich dem Kerl in seinen rot gewordenen Blick.

„Wie kann man denn an Mord überleben?"

„Naja, da war einer, der ermordet werden sollte, aber er hat es dann überlebt.", sagte der Typ mit seinen letzten Brocken satzbaufähigem Deutsch.

„Aha.", sagte ich und schüttelte rechthaberisch meinen Kopf. Was war ich denn manchmal für ein Arschloch? Da störte ich seine Story, dann rauchte ich noch sein Gras und glotzte seinem Mädel in einer Tour auf den Ausschnitt. Und dann machte ich mich noch über ihn lustig.

Ich empfand mich selbst als fehl am Platz, bedankte mich für die Zeit und den Muntermacher, raffte mich auf und suchte das Weite. Beziehungsweise weiter nach Ferdl.

Wieder im Gang, hangelte ich mich wieder an der Wand entlang. Die Umrisse der Türstöcke meinte ich zu erkennen und auch, dass diese abwechselnd gegenüber voneinander angelegt waren. Ich ging zu einer Tür schräg gegenüber. Anders als im Gang fand ich dort postwendend einen Lichtschalter.

Der Raum schien ein Büro oder Arbeitszimmer des Vaters der Gastgeberin zu sein. Ich kannte ihn vom Sehen und vom Hallo sagen. An der Wand hingen Fotos von ihm, wie er mit Bauhelm irgendwelchen Arschlöchern im Dreiteiler die Hand schüttelte. Jedenfalls spannte ich gleich, dass Ferdl hier nicht war und drehte mich wieder um.

Ein lauter Schrei durchbrach die Dunkelheit und meine Müdigkeit zugleich. Ein Schrei von mir. Vor lauter Schreck. Ich erschreckte sogar so sehr, dass ich zurückwich und mich auf einem Bein hopsend fangen musste.

Die Gastgeberin, Laura, stand im Türstock. Sie trat in das Büro, in das ich wieder vor Schrecken zurückgehopst war, und schloss die Tür hinter sich. Ich glaube, das letzte Mal, als ich dermaßen erschrocken war, war als Deutschlands führender Investigativjournalismus aus der Regenbogenpresse herausgefunden hatte, dass nach jahrelangen Umfragen die Länge des Penis nun doch nicht wichtig war. Puh.

„*Dich* suche ich.", sagte sie und ließ lasziv ihren Finger kreisen, den sie auf mich gedeutet hatte und setzte dabei ihre Telefonsexstimme auf. Ihre Augen fixierten meine.

„Mi?", fragte ich vorsichtig, „Wer sucht denn nach *mir*?"

Außerdem hatten wir uns doch gerade noch am Fuße der Treppe getroffen. Aber ich war zu bescheiden. Sie zog ihre Lippen zu einem wunderschönen Lächeln auseinander. Dann ging sie ein, zwei kleine Schritte weiter auf mich zu. Sie packte ihre Bluse am Kragen, dann am obersten Knopf. Sie öffnete die Bluse nach unten hin, zog sie von ihren Schultern ab und warf sie zur Seite. Nicht für einen Bruchteil einer Sekunde nahm sie den Blick von mir ab. Sie griff sich an den

Rücken und öffnete die Bügel ihres BHs. Wortlos stand ich die ganze Zeit da und schaute zu. Ich war der schlechteste Pantomime der Welt.

Sie kam nah zu mir heran und nahm meine Hände, führte sie an ihre Brüste und schaute mir weiterhin tief in die Augen. Ich konnte an nichts denken, außer daran, wie paradox es doch erschien, dass sie beinahe nichts mehr anhatte und ich eingepackt war für eine Polarexpedition.

„Sind die gut?", fragte sie flüsternd.

„Sehr gut.", stammelte ich und verschluckte mich beinahe dabei.

„Die sind neu.", sagte sie und sorgte für rege Bewegung hinter meinem Hosentürl, „Ich bin mir noch nicht ganz sicher, wie sie wirken."

Ich fragte mich selbst, ob ich denn wirklich dermaßen stoned war, dermaßen verschlafen, dermaßen betrunken oder einfach nur dermaßen von der Rolle, oder aber, ob das Ganze hier wirklich passierte. Vielleicht schlief ich ja noch. Ja genau, unten auf der Couch, neben dem Typen mit dem Motorradhelm, und träumte die ganze Sache hier nur.

Laura umklammerte meine Hände, welche ihre Brüste umklammerten, und presste sie fest an sich. Sie stellte sich auf die Zehenspitzen und drückte mir einen auf. Lang, intensiv und nass. Wie das Old Firm Derby.

Das Jahr war gerade einmal ein paar Stunden alt und ich sollte womöglich den Höhepunkt gleich zu Beginn serviert bekommen. Sofern die Sache hier tatsächlich passierte. Ich war noch immer unschlüssig.

„Sorry.", sagte ich, brach den Kuss ab und stieß Laura etwas zurück. Sie verzog fragend ihr Gesicht und reagierte perplex. Ich hasste mich bereits in dem Moment, in dem ich sie zur Seite schob, um aus dem Büro zu gelangen, und fand mich kurz darauf wieder in dem dunklen Flur. Noch heute halte ich mich für einen Idioten deswegen, doch mich schien damals die Suche nach Ferdl auf einen anderen Pfad zu führen.

Ich ging wieder eine Tür schräg gegenüber. Von außen ertastete ich die Türklinke und der darunterliegende Verschluss mit Schlitz gab mir zu verstehen, dass hinter der Tür wohl ein Badezimmer liegen musste. So einen Scheiß konnte ich mir wieder merken.

Ich ging hinein, fand auch dort umgehend den zugehörigen Lichtschalter und warf mir am Waschbecken eine Ladung Wasser ins Gesicht. Ich schaute in den Spiegel und versuchte, die ganze Sache zu verstehen. Als ich überlegte und umherstarrte, bemerkte ich im Spiegel, dass sich in der Badewanne hinter mir etwas tat. Ferdl?

Wie in Zeitlupe, so langsam, drehte ich mich um. Vorsichtig lugte ich über die Badewannenkante und sah ein nacktes Pärchen drin liegen und schlafen. Jetzt hatte ich komplett den Verstand verloren. Und ich war erst Anfang zwanzig.

Ich musterte die beiden, die in ihrer Formation einer dieser Live-Action-Kunst-Performances glichen. Die hatten wohl in der Wanne gevögelt und mussten danach – oder währenddessen? – eingeschlafen sein. Ich verkniff mir einen Lacher und fragte mich erneut, ob das gerade wirklich alles geschah.

Im Sommer des vorangegangenen Jahres hatte ich mal einen Fernsehauftritt als Spurensicherer in einer der Vorabendsendungen des Öffentlich-rechtlichen und ich nutzte gesammelte Erfahrung, um mit Obacht dem Mädchen die Haare aus dem Gesicht zu schieben, um zu erkennen, mit welchen Patienten wir es denn zu tun hatten.

Ich erkannte alle beide. *Er* war zu Beginn der Party der selbsterkorene Barkeeper im Küchenbereich des Hauses, obwohl sich trotzdem alle ihre Getränke selbst holten. Ich kannte ihn flüchtig aus ein paar kurzen Gesprächen aus der Vergangenheit. Einer dieser hochkarätig bewanderten Typen, die in Bierzelten oder sonst wo ihre Stammtischlösungen zur Flüchtlingsproblematik, der Steuerpolitik und der Landwirtschaft präsentierten. Dazu noch ein glänzendes Piercing an der rechten Augenbraue. Total 1997.

Seine mit ihm in der Wanne vereinte Partnerin war schon vor zehn an diesem Abend besoffen gewesen und hatte sich den Abend über an gefühlt jeden Typen rangemacht. Man konnte sein Taschengeld darauf setzen, dass die an diesem Abend mit irgendeinem Typen in der Wanne vorzufinden wäre. Beim

Neujahresschießen hatte ich ein paar Sätze, sofern möglich, mit ihr gewechselt. Über die Vorsätze für das kommende Jahr und den ganzen anderen Scheiß. Ich für meinen Teil machte keine Neujahresvorsätze mehr.

Nicht wirklich wissend, wohin mit mir, betrachtete ich die beiden noch etwas, schoss ein potentielles Erpressungsfoto und machte mich aus dem Staub.

Ein Gefühlscocktail überkam mich, als ich das Bad verließ. Wohl nicht zuletzt aufgrund der kürzlich zu mir genommenen Substanzen. Doch mitunter auch aus Verwirrung. Die vergangenen zwanzig Minuten hatte ich Gras geraucht, mit einer ansehnlichen jungen Dame herumgemacht und zwei Menschen im Schlaf vögeln gesehen. Falls es wirklich passiert ist. Herr Gott, ich war auf der besten Party der Welt und hatte die Hälfte davon verschlafen.

Ein letztes Zimmer war noch übrig, an der Kopfseite des Flures. Geschlaucht und voller Unmut trat ich vor die Tür und wollte gar nicht wissen, was dahinter war. Ich nahm alle Energie zusammen, schnaufte einmal durch und drückte die hoffentlich letzte Klinke für den Abend nach unten. Eine Abstellkammer, Gott sei Dank. Putzmittel, Mob, Eimer, Staubsauger. Nichts, was ich gerade gebrauchen konnte. Licht aus, raus.

Verzweifelt schlich ich den Flur zurück zur Treppe. Meine Geldbörse war weg und scheinbar hatte mich Ferdl mal wieder hängen lassen. Das war nicht das erste Mal.

Als ich die Treppe hinabstieg, traf ich wieder auf Laura – angezogen – die mich mit einem tötenden Blick beehrte. Ich ging ins Wohnzimmer und ließ mich wieder neben den Typen mit dem Motorradhelm in die Couch fallen. Einer der Typen mit dem wilden Tanzstil hob mir einen Kurzen hin. Ich nahm ihn und kippte ihn runter. Deprimiert starrte ich in das Glas und warf es vor mich hin auf den Boden.

„Toney", hallte es plötzlich hinter mir durch die laute Musik hindurch mit langen Vokalen, „Hilf mir kurz."

Erst jetzt bemerkte ich, dass es Yuri war. Den hatte ich völlig vergessen. Wo war der denn die ganze Zeit über? Er nahm von der Rückseite der Couch aus – die Couch war in der Mitte des Raumes postiert – den Motorradhelm, der sich noch auf dem Kopf des schlafenden Kerls befand.

„Du willst doch ned no fahren, oder?", fragte ich Yuri. Besoffen mit dem Auto fahren: gefährlich. Besoffen mit etwas fahren, für das man einen Helm brauchte: fragwürdig.

„Scheißegal.", sagte Yuri, „I brauch mein' Helm."

Alles klar. Ich stand auf und nahm den Helm von der anderen Seite aus. Wir begannen zu ziehen. Stück für Stück ruckelte der Helm vom Kopf des Schläfers. Mit einem letzten Ziehen sprang der Helm herunter.

„Toni?", fragte Yuri nach mir, als ich regungslos dastand und den Typen, der schlief, betrachtete.

„Du kriegst die Tür ned zu.", murmelte ich vor mich hin mit

weit aufgerissenen Augen.

Der Kerl mit dem Helm auf dem Kopf war Ferdl. Stundenlang hatte er neben mir geschlafen und ich suchte das verdammte Haus nach ihm ab und ging dafür durch die sieben Höllenfeuer und zurück. Ich lehnte mich über ihn und tastete seine Klamotten nach meinem Geldbeutel ab. Ich fand ihn letztlich auch.

Ich setzte mich neben ihn und ließ den Kopf in die Lehne fallen. Wieder dachte ich darüber nach, was gerade eben passiert war oder auch nicht.

Ich checkte die Uhrzeit auf meinem Handy und sah, dass mich der bestellte Taxifahrer angerufen hatte. Sieben Mal. Verdammte Scheiße. Der Typ würde mich so schnell nirgendwo mehr abholen, dessen war ich mir bewusst.

Dann hieß es für diesen Abend wohl wieder: dem Sonnenaufgang entgegenwandern. Wie mit vierzehn, als man die ersten Bierfeste und lokalen Partys auf ähnliche Weise verlassen hatte. Da kam man auch pünktlich zum Erscheinen der Sonne an der Haustür an, nachdem man stundenlang Feldwege abgeklappert und Leute passiert hatte, die gerade ihre Arbeit aufnahmen. Und die Luft roch immer nach Gülle und frischen Semmeln. Dorfkinder haben ihre Zeiten. Und ich hatte eben wenigstens ein paar Anrufe in Abwesenheit.

Welle

Was haben EDM-DJs und Polizisten gemeinsam? Sie wollen die Hände sehen. Genauso wie Ferdl, der zwischendrin in den Drehpausen wieder seine Nummer abzog, wo er meinte, er könne die Lebenslinien in den Händen einiger Statistinnen lesen.

Ich hatte ihn mit ans Set genommen. Er hatte frei und nicht gewusst, was er mit seiner Freizeit anfangen sollte. So war er neben mir zwischen Trailern, Tonträgern und großen Lichtquellen am Schloss Herrenchiemsee gelandet.

Neben ein paar Stinkefingern und ein paar „Fick dich" blieben tatsächlich ein paar stehen und ließen ihre Hände von ihm befingern, während ich danebenstand, meistens eine rauchte oder gähnte und auf den nächsten Sekundeneinsatz irgendwo im Hintergrund des Szenenbildes wartete.

„Bei der probier i's no, dann lass i's bleiben.", meinte er, mittlerweile zum siebten oder achten Mal.

Während er sich ein nahezu aggressives „Perversling" abholte, rief der Regisseur zur Aufstellung. Ich machte mich bereit. Sound rolling, Action!

„Und Schnitt!", rief der Regisseur unter der Szene. Er ließ überspielend tragisch seine Arme an der Seite seines Klappstuhls runterfallen, dann stand er auf. Er stolzierte durch das Set, keiner rührte sich. Alle paar Meter gab er Anweisungen aus seinem spitzen Mund an irgendwen, mit grazil schwenkenden Händen. Dann sputete das Männchen auf mich zu. Seidenschal, Baskenmütze, rosa Polohemd, die ganze Hundekacke. Und wer jetzt denkt: „Oh, mal wieder ein überzeichneter Charakter in diesem Buch"… naja, den muss ich leider enttäuschen. Der Typ kam wirklich so daher.

Er stellte sich vor mir auf.

„Anton, richtig?", sagte er in ungeduldigem Ton.

„Toni reicht. Oder alternativ Giacomo.", erwiderte ich, furchtlos und strotzend vor Selbstvertrauen, mein Schmunzeln erweitert und mein Haupt gehoben, das sich auf den Schultern unter meiner blauen Bedienstetenuniform befand.

„Was?"

„Giacomo di Piacenza."

„Was ist denn das für ein Name?"

„Mei‘ Künstlernam‘."

„Für was?"

„Mei, jeder Schauspieler braucht einen."

„Nix für ungut, Toni…"

„Giacomo…"

„…ist ja recht. Aber du bist hier nur Statist. Und Giacomo di Irgendwas hört sich eher an wie der Künstlername von einem Pornodarsteller."

„I bin ja no jung."

„Egal.", fuhr er genervt fort, „Ich sag's dir nochmal, deswegen hab bin ja zu dir gekommen: du bist einer der Kammerdiener des Prinzregenten, also geh auch so. Du schlenderst hier rum, als wärst du in einem Einkaufszentrum."

Ich war verkatert und genervt vom Leben und mir war alles so dermaßen scheißegal, Sie können es sich nicht vorstellen.

„Und wos soll i ändern?"

„Naja, n' bisschen die Brust raus, gerader. Einfach etwas… steifer."

„Steifer?"

Ich keuchte einen Lacher auf.

„Ja, genau."

„I kann mi in der Rolle irgendwie ned so wiederfinden.", gab ich ehrlich zu.

„Was meinst du?"

„I find, i sollt' den Prinzregenten spielen."

Er lachte. Laut. Dann lauter. Dann gespielt sehr laut. Ein paar Leute sahen zu uns rüber.

„Das ist n' Witz, oder?", fragte er, „Wir haben hier den Eberhard Wenzheimer für den Prinzregenten. Da brauchen wir keinen Antonio di Piacenza."

„Giacomo."

„Ja, ja."

Die Leute im Thronsaal-Set wurden etwas ungeduldig, man hörte immer lauteres Gerede, während die Kameras stillstanden. Niemand schien den Anschein zu erwecken, als dass er wusste, wieso gerade überhaupt nicht gedreht wurde.

„Toni…", setzte er wieder an, „…Wieso sollten wir denn dich als Prinzregenten besetzen?"

„I hab Gaze."

„Was?"

„Und Swagger."

„Was?"

„Und Drip."

„Was auch immer.", schien er aufzugeben und schnaufte laut.

„Sag schon, ernsthaft. Wie kommst du drauf?"

„Der Wenzheimer spielt ja wie a Leich'. Nix für ungut. Aber der hat seine besten Jahr' hinter sich."

Er lachte wieder laut.

„Bist du betrunken?"

„Nicht *mehr*."

„Na gut. Sagen wir mal, du hättest recht: warst du auf einer Schauspielschule?"

„I war in da Fahrschule."

„Hast du einen künstlerischen Abschluss?"

„Na."

„Hast du schon mal eine Hauptrolle in einem Fünf-Millionen-Euro-Film gespielt?"

„Na."

„Merkst du was?"

„Wos?"

Er seufzte.

„Wie alt bist du?"

„Dreiundzwanzig."

„Der Prinzregent im Film ist sechzig."

„CGI.", war mein erster Vorschlag, „Oder Maske. Für fünf Millionen Euro werden wir doch a gscheide Maskenbildnerin finden."

Die Situation schien im Sand zu verlaufen. Ich blickte nach ein paar wortlosen Momenten rüber zu Eberhard Wenzheimer. Meine ganze Familie hatte mir im Vorfeld gratuliert, dass ich einen Drehtag mit dem Wenzheimer verbringen durfte. Traumschiffkapitän, Tatortkommissar. Der war kurz vor der Krönung. Und ungeduldig schien er auch langsam zu werden, dachte ich mir, wie er da einen Becher mit fadem Trinkwasser vom Spender hinter dem Green Screen füllte und gelangweilt durch die Gegend schlich.

„Pass auf...", setzte der Regisseur nochmal an, „...mach einfach deine Aufgabe hier richtig."

„Is doch wurscht, man sieht mi eh nur vier Sekunden."

„Deine letzte Chance, Mann. Sonst schmeiß' ich dich vom Set. Und deinen komischen Handleser-Freund gleich mit."

„Okay."

„Vielleicht kann ich dir einen kleinen Text verschaffen.", lenkte er ein.

„Des wär cool."

„Also gut, Giacomo di Piacenza.“, sagte er, als er sich weg-
drehte und lachte, „Oder wie soll ich dich nennen?“

„Nenn mi Prinzregent.“

Schneelancholie

Es begann die Zeit, in der in Oberbayern Schnee lag. Viel Schnee. So viel Schnee, dass ich mir einen fiktiv eingeleiteten Arztbesuch angenehmer vorstellte, als den Besuch der Hochschule. Aber die nicht immer anwesende Vernunft war nun doch anwesend und obsiegte. Einmal wieder.

Es war Klausurenphase und ein neuer Drittversuch stand an. Die Rosenheimer Hochschule führte – wie viele andere Hochschulen auch – das altbewährte Drei-Strike-Modell aus dem Baseball: wer eine Klausur dreimal nicht schafft, dem wird per Post der Garaus verkündet und per E-Mail viel Glück für die Zukunft gewünscht.

Es war nicht meine erste Gratwanderung. Die erste absolvierte ich drei Semester zuvor, im vierten. Viele Studenten müssen diese Qual nie erleben. Worum ich im Wesentlichen aber auch nie jemanden beneidete. Eine psychische Tortur wie die solche durchzustehen, das hatte nämlich was.

Man kann die ersten dreißig Minuten den Stift kaum ruhig halten, man vergisst plötzlich, was man im Feld unter „Name" eintragen muss. Man hat schwitzende Hände, einen Puls, der vom Sitznachbarn noch gespürt wird, und wippt toujours mit dem Fuß.

Und nun war es wieder so weit. Informatik I hieß mein Kryptonit. Die komplette Nacht hatte ich nicht schlafen können. Innerlich zerriss es mich beinahe. Ich war nur dagelegen, hatte die Decke betrachtet und an die Zukunft als mehr oder weniger unfreiwilliger Studienabbrecher gedacht. Aber jede Welt braucht Barkeeper, redete ich mir ein. Es kam mir vor, als wäre das Ganze beim ersten Mal weit weniger schlimm gewesen. Aber da war ich auch erst im Vierten gewesen und hätte nur zwei Jahre in den Sand gesetzt.

Vorne herum hatte ich mich die Wochen zuvor lässig gegeben. Legte einen lockeren Gang an den Tag und prahlte mit dummen Sprüchen.

„Wer nie einen Drittversuch hatte, hat nie studiert."

Und so weiter.

Den meisten quoll die Angst schon wegen eines albernen Zweitversuchs aus jeder Pore des Körpers. Und ich tat in einer Tour so, als wäre es bei mir komplett anders.

Innerlich schnitt meine Psyche meine Seele in zwei Teile. Nein, vielmehr *riss* sie sie in zwei Teile. Und nun war er gekommen, der alles entscheidende Tag.

Ich wachte auf, nachdem ich in den Ausläufern der dunklen Nacht doch noch ein Auge zu getan hatte. Ein weicher Wind blies Schneeflocken an mein Fenster, die vereinzelt kleben blieben. Ich schaute raus, auf den Straßen befanden sich gut fünfzehn Zentimeter feinster Neuschnee. Und ich rede dabei nicht von dem kolumbianischen Sternenstaub, der am Wochenende gerne seine Runden in zweitklassigen Rosenheimer Tanzlokalen drehte. Ich meine kalten, weißen, nassen Schnee.

So einen, wie ihn Frau Holle aus ihren Kissen schüttelte.

Die Henkersmahlzeit in Form eines staubigen Frühstücks ließ ich sausen, da ich zu spät dran war. Ich schmiss mir eine windige Jacke über die Schulter, packte den Rucksack am Riemen und verließ die Wohnung.

Wie bei jedem ersten Schneefall des Jahres, kannte sich plötzlich keiner mehr auf den Straßen aus. Jeder Verkehrsteilnehmer hatte – einmal wieder – über Nacht plötzlich das Autofahren verlernt.

Ich hatte noch gut dreißig Minuten bis Klausurbeginn und sah den Zeitdruck als etwas Positives: je knapper ich aufschlug, desto weniger Zeit hatte ich, mir den Kopf zu zerbrechen. Doch mit jeder verstrichenen Minute im witterungsbedingten Stau in der Innenstadt begann mein Hinterstübchen trotzdem auf mein Gemüt zu drücken.

Den Höhepunkt bildete dann dieser Allrad-Pick-Up. Ich verließ den Stau in der Kaiserstraße, fuhr einen lächerlichen Umweg über das Krankenhaus und kam in die Situation, dass mir so ein Kerl Mitte vierzig mit besagtem Gefährt in der Pernauer Straße die Vorfahrt nahm. Ich sah ihn noch rechtzeitig und brachte meinen Polo den Bruchteil eines Millimeters vor der Stoßstange der Pimmelprothese dieses Kerls zum Stehen.

Der Schock ließ mich meinen Kopf nach vorne fallen. Ich schnaufte einmal tief durch und hörte meinem Herz zu, das so kräftig schlug, als versuchte es, aus meinem Brustkorb zu entfliehen.

Dann blickte ich auf und drückte die Hupe durch. Zwei Sekunden, fünf, acht, zehn, zwölf.

Ich sah, wie der Kerl schon etwa bei Sekunde sechs zu mir nach hinten über seinen Rückspiegel sah. Nur seine zornigen Augen sah ich in dem Spiegel. Erst, als er nach dem Ende des Hupens ausstieg, sah ich, dass er einen Goatie in Kombination mit einem streng militärischen Bürstenschnitt trug, was mich dazu zwang, mir ein knappes Lachen zu verkneifen.

Dass er allerdings ausstieg, sollte zu einem Problem werden. Die Ampel vor uns war längst wieder auf Grün, doch der Motherfucker gab darauf einen Scheiß und bewegte sich schnellen Schrittes zu meiner Fahrerseite.

Er blieb neben der Fahrertür meines Autos stehen, legte die Hände in die Knie, schenkte mir einen autoritären Blick und klopfte an die Scheibe, zweimal und kräftig. So, wie er es wohl bei der Polizei oder der Bundeswehr oder sonst wo gelernt hatte.

Ich zögerte, schaute noch ein paar Bewegungen seines Kiefers zu, der einen Kaugummi im Gleichtakt zwischen seinen Zähnen zerdrückte. Dann ließ ich die Scheibe runter.

Ich wusste nicht, was kältere Luft in mein Auto blies: der winterliche Wind oder der coole Typ. Ich fragte, ob ich ihm helfen konnte.

„Coole Kiste.", sagte der Kerl und schmunzelte süffisant.

„Danke. A deutscher Klassiker."

„Gibt's ein Problem?"

„Zum Beispiel, dass du mir die Vorfahrt genommen hast?"

„Und deswegen hupst du mich eine Dreiviertelstunde lang an."

„Ziemlich deswegen, ja."

Aus der Beifahrertür des Pick-Ups stieg die Tochter oder töchterliche Freundin des Kerls aus. Die niedrigen Temperaturen sprachen ihr kein Verbot für Mini-Rock und Jeansjacke aus. Sie fragte, was denn los sei.

„Nichts, Baby. Steig wieder ein.", sagte der Kerl im Ausschnaufen, während er sich wieder aufbeugte und seinen Gürtel samt Hose nach oben richtete.

Er klopfte mit der Hand zweimal laut auf mein Dach und schlenderte wieder zu seinem Karren vor. Was für ein Arschloch.

Hinter uns veranstalteten die anderen Asphaltnutzer bereits ein regelrechtes Hupkonzert, da die Ampel in der Zwischenzeit schon wieder einmal auf Rot und nochmal auf Grün war.

An der Ebersberger Straße bog ich ab in Richtung Hochschule, passierte die anderen Versicherungsfallen in Form weiterer Rechts-vor-links-Kreuzungen und parkte vor Yuris Wohnung. Der Parkplatz der Hochschule war von Haus aus voller als ein Münchener Immobilienmakler während des Ischgl-Après-

Ski-Auftakts und es war nicht auszudenken, wie es wohl bei diesem Verkehrschaos erst sein würde.

Deshalb parkte ich bei Yuri. Yuris Wohnung war zwei Blocks vor der Hochschule und ich marschierte den Rest. Ich hatte noch gut acht Minuten.

Auf dem Fußmarsch ging ich nochmal alles durch. Das Zeichnen der Struktogramme, Produktablaufpläne, Assemblerprogrammierungen. Eigentlich war ich gut vorbereitet, hatte alle Probeklausuren beinahe problemlos lösen können.

Mit teils großen Schritten watete ich durch die braun-graue Schneeplörre auf dem Gehsteig und gelangte über die offene Feuerwehrzufahrt an der Rückseite des Hochschulgeländes zum Gebäude Q.

Noch pünktlich betrat ich den Raum Q 1.01, den Prüfungssaal, in dem mir an diesem Tage der Prozess gemacht werden sollte. Ich setzte mich, trug meinen Namen in die Liste und hörte dem zur Prüfungsaufsicht verdonnerten Professor zu, wie er durch seinen grau melierten Bart die obligatorischen Vorschriften stammelte. Betrug führt zur Exmatrikulation, yada yada yada. Der Professor teilte die Blätter aus und kontrollierte die Studentenausweise. Dann kontrollierte er die Anwesenheitsliste und die Unterschriften und gab die Klausur zur Bearbeitung frei.

Und das Übliche begann. Meine Hände schwitzten, mein Fuß wippte, ich vergaß, wie ich hieß, mein Herzschlag feierte eine

Technoparty.

Ich blätterte einmal durch die Klausur. Aufgabe 1: keine Ahnung. Aufgabe 2: noch nie gehört. Aufgabe 3: wurde durchgenommen, als ich nicht da war. Bei Aufgabe 6 fragte ich mich, ob ich denn wirklich in der richtigen Klausur saß. War das Informatik I? Aber die Gesichter um mich herum kamen mir bekannt vor, ganz falsch konnte ich also nicht gewesen sein.

Dennoch fühlte sich das hier wieder wie ein Toni-Zaunmüller-Classic an: die Probeklausur war bestückt mit Aufgaben, wie: „Nennen Sie ein Tier mit vier Buchstaben."

Die tatsächliche Klausur erschien dann mit sowas wie: „Sie besitzen 100 Quadratmeter Land in Novosibirsk. Finden Sie ein Heilmittel gegen Krebs. Hilfestellung: die Dichte eines Affenhaares gleicht dem eines Menschen und die Oliven sind bereits entsteint."

Ich musste mir was einfallen lassen. Es gab nun verschiedene Möglichkeiten. Erstens, das Modell „Ich bin plötzlich krank geworden". Unglaubwürdig, aber machbar. Man muss halt den Gang der Schande an allen Prüflingen vorbei vor zur Prüfungsaufsicht antreten und dieser verklickern, dass man die letzten fünf Minuten an einer Mandelentzündung erkrankt ist. Ich entschied mich dagegen.

Dann war da das Modell „Grundschule". Man schreibt zu jeder Aufgabe einen kompletten Roman. Der Lehrer – oder in diesem Falle der Professor – pickt sich dann die Rosinen raus, weil er denkt, wenn man so viel schreibt, hat man auch gelernt. Man kann es nur nicht richtig formulieren. Bullshit, aber eine ernsthaft in Erwägung zu ziehende Option.

Modell 3: Embryostellung, keine Erklärung notwendig.

Ich ging die Optionen durch und warf alle Nervosität über Bord, es half ja eh nichts. Zunächst löste ich die Sachen, die ich mit Sicherheit lösen konnte, dann hatte ich die Punkte schon mal, was vielleicht ein Drittel der Klausur ausmachte. Zwischendrin wehrte ich mich gegen Gedankeneinbrüche aus dem Alltag. Ohrwürmer, irgendwelche Witze, die ich aufgeschnappt hatte und die mir plötzlich einfielen. Darling, you got to let me know. Weiter ging's. Should I stay or should I go? Irgendwie passend.

Dann ging ich an die Aufgaben, die ich nicht so lösen konnte. Hexadezimalstellen? Ja, genau. Binärcodes? Da war was. Ich glaube, ich hätte genauso gut eine Klausur in Mandarin ablegen können.

Ich schmierte zu jeder restlichen Aufgabe irgendetwas aus der pseudowissenschaftlichen Asservatenkammer. Dann schloss ich den Bogen und lehnte mich zurück und sah an die Decke. Ich spielte hier mit einem in Öl getunkten Streichholz. In dieser Analogie wäre meine zerbrochene Zukunft das entstehende Feuer.

Die Prüfungsaufsicht schmierte die berühmten letzten fünf

Minuten an die Tafel und ich verharrte weiterhin im Prüfungs-saal. Ich wollte nicht der erste sein, der ging.

Anstatt dessen schaute ich im Saal umher. Alle schrieben noch akribisch, die Gesichter nahe zu Tisch geneigt. Man hörte das Klicken der Taschenrechner und der Kugelschreiber.

Vor mir saß ein Mädel aus höherem Semester, die augen-scheinlich auch noch Informatik nachzuholen hatte. Auch sie beugte sich über ihren Bogen Papier und stellte mir durch den Freiraum zwischen Sitzfläche und Lehne ihres Stuhls ihr Handwerker-Dekolletee zur Schau. Wunderbar. Pippo hatte mal erzählt, dass sie bei ihm auf der Oberstufe war und auf dem Pausenhof mal einen Rülpswettbewerb gewonnen hatte.

„Noch eine Minute!", rief die Prüfungsaufsicht aus.

Ganz toll. Geschichten über Rülpswettbewerbe oder Clash-Texte konnte ich mir merken. Wie man allerdings einen Loop programmierte, was ich mir seit drei Semestern hätte an-schauen sollen, wusste ich nicht.

Aber ich war selbst schuld. Yuri und Pippo hatten im Vierten halt einmal gescheit gelernt und saßen jetzt wahrscheinlich in irgendeinem Spa und ließen sich Weintrauben von den Zehen fressen, während sie literweise Schampus in sich hineingos-sen. Und ich hockte wieder alleine in einer regnerischen Welt herum.

Dann schaute ich mich nochmal um. Vielleicht sah ich die gan-zen Gesichter hier zum letzten Mal. Der Typ neben mir hatte chinesische Schriftzeichen auf dem Arm tätowiert. Vermutlich lebensbejahende Begriffe, wie Freude, Freundschaft, Liebe und Vernunft. Ich dachte an das schelmische Lachen des Tätowierers, als er ihm die Übersetzungen für Blut im Stuhl, Dunstabzugshaube und Orangensaft auf den Arm malte. My Daddy was a Bankrobber. Ein letzter Ohrwurm.

Dann war die Zeit um, Stifte weg. Die Aufsicht ging durch und sammelte die Bögen ein. Dann schalteten sich wieder diese Gedanken ein. Nun war das Ganze außerhalb meiner Kontrolle. In diesen Situationen sind die plagenden Gedanken am schlimmsten. Nur noch mein Dozent oder der Schutzengel konnte mich noch durchwinken. Und da mein Schutzengel langsam wegen Überforderung im Krankenstand sein musste, hatte ich alle Hoffnungen auf meinen Dozenten zu setzen.

Während ich da hockte, in Selbstmitleid badend, und mich fragte, was Informatik denn überhaupt mit Bauingenieurwesen zu tun hatte, ging die Fragerei unter den anderen Studenten los. Was hast du bei Aufgabe 2? Das ging mir in der Schule schon auf den Sack. Wenn die ganze Horde um einen rum diskutierte, ob die Lösung 3,2 oder 3,4 war und man selbst hatte als Antwort „Vasco da Gama".

Ich tat das einzig Richtige und verzog mich. Gequälten Ganges ging ich zurück zu Yuris Wohnung, wo mein Auto stand, und fragte mich, wie ich die nächsten zwei Wochen überstehen sollte. Zwei Wochen waren es nämlich, bis die Ergebnisse bekannt gegeben werden würden.

Ich fuhr gen Heimat und blieb auf dem Weg noch am Bazi's stehen, das tagsüber als Café fungierte. Pippo hatte Schicht.

„Und? Wie is gelaufen?", fragte er, als ich an der Theke saß und er einen Espresso für eine andere Kundschaft herunterließ.

„I glaub, des war endgültig mei persönliches Waterloo.", murmelte ich, mit dem Kopf auf den Armen auf dem Tresen liegend.

„Des wird scho.", gab sich Pippo kurz und brachte den Espresso an einen der Tische. Er kam zurück und ich bestellte ein Bier.

„Oida, es is 11."

„I gewohn mi scho mal an des Leben als Arbeitsloser."

Dann schaltete ich in den Beschwerdemodus.

„Wos hat Informatik mit unserem Studium zu tun?"

„Mei, wir haben's alle machen müssen.", meinte Pippo. Dann erinnerte ich an meine Bestellung.

Pippo zögerte, doch er schenkte mir ein Rosenheimer Helles ein. Dann quatschten wir über andere Dinge. Erfreulichere Dinge. Sportbund-Playoffs, die Neue an der Bar im Café Paolo. Barkeeper waren eben schon lange vor den Dönermännern die Psychologen des Vertrauens für Studenten.

Ich trank noch zwei, dann schmiss mich Pippo mit der Forderung, endlich meinen Scheiß zusammenzukriegen, raus.

Ich fuhr heim, deprimiert holte ich mir noch ein Bier aus dem Kühlschrank und saß einfach nur da auf der Couch. Keine Musik, kein Fernseher, nichts. Dann schlief ich ein.

Als ich aufwachte, war es draußen bereits dunkel. Es war fünf Uhr, das Schneien hatte aufgehört. Die Luft war dunkelblau und die Straßenlaternen warm gelb.

Ich schaltete die Glotze ein und schaute ein paar amerikanische Erwachsenencartoons. Im Hinterkopf hatte ich behalten, dass drei Tage später wieder eine Klausur anstand. Ich stand nun vor der Wahl, ob es sich noch rentierte oder ob ich die weiße Fahne hisste. Mittlerweile ging ich felsenfest davon aus, dass aus dieser Informatikklausur nichts werden sollte und holte mir noch ein Bier. Im Schneidersitz saß ich auf der Couch, rauchte ein paar und trank noch eins und noch eins und hörte den weisen Worten von Peter Griffin zu.

Jedoch mehr apathisch. Primär waren meine Gedanken meiner sinkenden Zukunft zugeordnet. Ich fragte mich dann, wie es überhaupt so weit kommen konnte, ich war doch mal ein gescheiter Bub. Mir war lediglich klar, dass ich seit sieben Semestern dahinfaulte und ich dringlich was zu ändern hatte, um nicht gänzlich zu verrotten. War eine Exmatrikulation vielleicht sogar etwas Gutes? Ein Neuanfang? Eine Chance auf etwas Besseres? Ein Reboot meiner studentischen Laufbahn, diesmal mit Happy End? Die Melancholie schien für diesen Tag meine Heimat zu sein. Dann riss ich mich endgültig zusammen.

Gegen acht Uhr – ich war mittlerweile etwas beschwipst – holte ich meinen Ordner für das Fach Kommunikation. Zweitversuch in drei Tagen, scheiß drauf.

Ich las mir alle Kapitel durch, musste mir dafür ein Auge zuhalten. Nebenbei machte ich Notizen, die ich mir vornahm, am nächsten Tag zu lernen. Vielleicht half es nichts mehr, aber ich wollte nicht aufgeben. Ein Toni Zaunmüller gibt nicht auf, sagte ich mir. Außer bei Schuhplattelwettbewerben, da war ich wirklich nicht der richtige Mann dafür.

Die Sonntagsschrift auf meinem Notizblock schien meiner Samstag-vier-Uhr-morgens-Schrift zu weichen, aber ich war mir sicher, am nächsten Tag alles zum Lernen hernehmen zu können.

Ich arbeitete den Ordner durch, trank dann mein Bier aus und schlief auf der Couch vor den Cartoons friedlich ein, während ich die ganze Zeit darüber nachdachte, was Kommunikation überhaupt mit Bauingenieurwesen zu tun hatte.

Das Match

Einmal im Jahr treffen sich mein Vater und seine Kumpels zu einem Hallentennisturnier. Auch diesen Winter wieder. Im Prinzip ein Vorwand vor den Ehefrauen, sich zu treffen und ein Bier nach dem anderen zu trinken. Aber dennoch stand zunächst immer der weiße Sport im Vordergrund und wurde in allen Zügen der alten Zunft genossen und geehrt: Holztennisschläger, Stirnband, Eierzwickerhosen, Schnurrbart und Socken bis zu den Knien.

Sie waren einen Mann zu wenig und ich bekam einen Anruf, ob ich denn noch nichts vorhätte. Optisch hatte ich ein bisschen was von Björn Borg. Spielerisch eher von Fred Feuerstein. Aber egal, am Ende wurden mein alter Herr und ich im Doppel Erster.

Die Feier ging bei den Jungs noch weiter, ich musste schon auf die nächste Feier. Die Innenstadt rief mich in seinen Bann, Geburtstag feierte ein Mann. Mein Kumpel Hans feierte im Café Paolo seinen fünfundzwanzigsten. Und da durfte ich nicht fehlen.

Geschwind duschte ich mir den Schweiß aus der Mähne, streifte meinen Hoodie über und machte mich auf den Weg in Richtung Schnöselbar Numero Uno im Voralpenland. Beim Vorbeigehen schmiss ich noch meine Tasche in den Eingangsbereich des Apartmenthauses, wo meine Wohnung lag, und setzte meinen Fußmarsch fort.

Vor der Bar drängten sich allerlei Kultur- und Personenkreise und erbaten Einlass bei dem mit Headset und Sicherheitsjacke ausgestatteten Torwächter.

Im Prinzip stand ich nur regungslos da, so an neunter oder zehnter Stelle, und ließ mich von den Massen jedes Mal hin- und herrempeln, wenn die Tür aufging und Leuten Einlass gewährt wurde oder wenn andere den Laden verließen. Oder beides.

Nach einigen Minuten war es dann beinahe so weit, ich war an dritter Stelle. Die Tür ging auf, ich rieb mir die Hände vor Freude. Oder vor Kälte. Es hatte nur etwa zwei Grad und außer meinem Hoodie hatte ich nichts weiter. Doch ich wurde vom Türsteher zurückgehalten.

Zuerst wurde nämlich den Damen Vortritt gelassen. Richtig so. Dann aber kamen noch die zehn Leute des Rosenheimer Fußballvereins, die wohl die gefühlt siebenunddreißigste Niederlage in Folge zu feiern hatten.

Nachdem die volltätowierten Balltreter in ihren beigen Mänteln und den einzigartigen Undercuts lässig wie sonst wer die Schlange passiert und die beiden Türsteher mit Backenküsschen und Umarmung begrüßt hatten, erleuchtete ein Funkeln in meinen Augen. Ich war nun ganz vorne an der Front. Ich schmeckte bereits die Wodka-Mischungen, die uns Hans auf den Tisch parat stellen würde. Die Tür ging erneut auf und…
„Du nicht."

„Hmmm?", fragte ich mehr oder weniger – mit aufgerissenen Augen und zusammengepresstem Mund.

„Du nicht.", hörte ich erneut den Türsteher durch seinen schwarzen Vollbart sprechen, nicht einmal eines Blickes gegenüber mir würdig. Ich drehte fragend meine Hand auf und erkundigte mich.

„Und wieso ned?"

Heute wäre nicht mein Publikum, meinte der muskelbepackte Minijobber. Ich wusste natürlich, dass meine lakonische und rechthaberisch-provozierende Art mich nicht schneller zu Hans' Geburtstagsfeier bringen würde, dennoch konnte ich es nicht ganz lassen.

„I bin aber ned wegen irgendeinem Publikum da, sondern auf an Geburtstag eingeladen. Da drin.", sagte ich und deutete auf den Innenraum der Bar.

In die Ferne blickend meinte der Kerl nur: „Nein!"

Okay, dachte ich. Und ich wollte mich bei diesem Lusthaus für Gehirnamputierte mal als Aushilfe bewerben. Um Geld zu verdienen, das ich im Nachgang wieder dort drin gelassen hätte. Der Kreislauf der Kleingeistigen, ich weiß.

Ich breitete die Arme vom Körper weg und ließ sie auf die Hüften fallen. So hoffnungslos schien ich schon.

„Ach, komm scho."

Ich wechselte nun in die Bettelphase, da ich zwar nicht unbedingt da rein wollte, auf jeden Fall aber auf Hans' Geburtstag.

„Wir wollen keinen Stress da drin.", erklärte sich der Türsteher. Nun wusste ich definitiv, dass er einen Vorwand suchte.
Ich weiß nicht recht, ob es an meinem Hoodie oder an den
langen, nicht aalglatt angeklebten Haaren lag.

„I bin ja wohl da Letzte, der wo da drin Stress macht."

„Ist das so?"

„So is des."

Plötzlich kam wieder so einer, der ohne Zucken die Schlange
passierte. Obligatorischer flacher Handschlag mit Umarmung,
Backenküsschen. Vielleicht war das ja das Mittel zum Zweck,
um da reinzukommen.

Den Typen kannte ich noch aus der Schule. Einer dieser Sin-
neswandler. In der Schule noch ein Einserschüler, der sich in
der Pause mit den anderen Nerds herumgetrieben und aus Jux
so getan hatte, als würde er mit seinem Geldbeutel telefonieren, um den Rest seiner Mathematiker-Clique zum Lachen zu
bringen.

Kaum war die Schule aus, machten eine falsche Lederjacke
und ein neuer Haarschnitt – vorzugsweise Undercut – aus ihm
einen Playboy.

Seitdem sah man ihn jedes Wochenende in irgendeiner der Rosenheimer Bars, wie er den Mädels was spendierte und überall
das Maul aufriss. Jeden Türsteher kannte, jeden Barkeeper mit
Handshake begrüßte. Und ich dachte, die wollten da drinnen
keinen Stress. Ich nahm mich zusammen und startete einen

letzten Versuch.

„Okay, du hast mi.", meinte ich zum Türsteher, „I wollt' die Karte ned ausspielen… aber i bin's."

„Wer?", fragte der Türsteher und starrte mich ernsthaft an.

„I bin's ja wirklich."

„Ja, und wer?", wurde ich erneut gefragt, mit lauterer Stimme.

„Zaunmüller, Anton."

Eine wortlose Pause trat zwischen mich, die frostige Nacht und den Türsteher.

„Alternativ El Presidente, Zaunerus oder Mister Fencemiller."

„Was laberst du?"

„I bin Toni Zaunmüller, der Schriftsteller."

„Aha."

„Is echt so."

„Kenn' ich was von dir?"

„Das Ahornblatt.", gab ich umgehend preis.

Das Ahornblatt war der Name eines Gedichtes, das ich in der fünften Klasse verfasst hatte. Es hatte meine Lehrerin damals zu Tränen gerührt und war folglich völlig zurecht mit einer Eins benotet worden. Ein Aushang am schwarzen Brett war obendrauf noch drin. Aber das wusste der Typ vor mir ja nicht. Er sah ohnehin nicht wie ein Bücherwurm aus. Ich hätte ihm auch erzählen können, dass die Buddenbrooks von mir waren.

„Ist mir scheißegal."

Mein letzter Versuch scheiterte nun also und ich sah mich gezwungen zu gehen. Da kam mein Kumpel Ivo, ein beinahe zwei Meter großer, halbkroatischer ehemaliger Judoka, aus der Tür, um eine zu rauchen. Er sah mich, umarmte mich herzlich zur Begrüßung – wie man das so macht – und fragte, ob ich in die Bar wollte.

„Seit na halben Stund'"

„Na, komm.", antwortete er und schob mich vor sich her in die Bar. Der Türsteher verzog keine seiner Mienen. Er packte mich nur am Arm, als wir ihn passierten, und meinte: „Ich will von dir da drin nix hören."

Freilich.

Wir betraten die Bar, Ivo noch immer hinter mir. Die V-Ausschnitte und die Hornbrillen schwirrten um einen rum, wie ein Schwarm Mücken im Hochsommer. Wir waren nun eben drin im Schnöselimperium. Im Epizentrum der Geleckten.

Ich drehte mich um und sagte zu Ivo, dass ich noch kurz bei dem Geburtstag an Hans' Tisch vorbeischauen würde. Dann würde ich zurückkommen und ihm einen Drink spendieren.

„Hey, willst du deine Jacke nicht abgeben?", drückte Ivo seine Stimme durch den lauten Bass in der Bar und fragte fürsorglich hinterher, als unsere Wege gerade auseinanderdrifteten.

Ich erklärte, ich würde meine Jacke nie abgeben, selbst wenn ich schwitzen müsste. In der Vergangenheit waren mir bereits um die sieben Jacken gestohlen worden oder anderweitig abhandengekommen. Außerdem war es nur ein Hoodie.

Ich drängelte mich durch die Massen, um zum Loungebereich am hinteren Eck der Bar zu kommen und merkte mit jedem Schritt und jedem Rempler und jedem Tropfen irgendeines Gin-Wildberrys oder Wodka-Tonics, der auf meiner Haut landete, warum mich der Türsteher nicht hineinlassen wollte.

Es war einfach nicht meine Welt. Das Publikum, diese weichgespülte Chart- oder Schlagermucke, Drinks für zehn Euro. Das Publikum, glaube ich, habe ich schon erwähnt, oder? Hier trafen mit mir einfach zwei nicht zusammenpassende Welten aufeinander. Wie Kalifornien und Eishockey. #nodisrespecttotheSanJoseSharks.

Nach einiger Zeit war ich im Loungebereich angekommen, sah jedoch weder Hans, noch irgendeine Geburtstagsfeier, zu der ich gehören könnte. Verwirrt tapste ich wieder durch mit Füßen und Hüften wippende Leute und sah an die anderen Tische. Dann sah ich bei den Toiletten nach, an der Garderobe, an der Bar. Nichts. Kein Hans. Nur glattrasierte Typen mit gerader Körperhaltung. V-Neck und Undercut, all inclusive. Als wäre ich auf der Jahreshauptversammlung der Fußballschiedsrichter.

Eine Idee kam mir schließlich noch: ausgewählten Gästen – vorwiegend wohl Typen, die die Türsteher mit Backenküsschen begrüßten – war es erlaubt, hinter dem abgestöpseltem

Notausgang im Hinterhof zwischen den alten Stadtgemäuern zu rauchen. Normale Zivilisten kamen nicht mal annähernd in den Prominentenbereich des Notausgangs, doch ich versuchte mein Glück. Auch wenn Hans eigentlich kein Raucher war.

Noch ehe ich mich überhaupt eine Körperlänge dem Notausgang genähert hatte, stand schon ein topfrisierter Jüngling in schwarzem Shirt und mit schwarzer Schürze da und musterte mich von Weitem durch das Halbdunkel der Bar. Vom Regen in die Traufe.

Ich spielte eine falsche Intention vor, steckte mir eine Tschick an und tat so, als würde ich eine rauchen gehen. Ich hatte tatsächlich gerade Lust auf eine. Dann versuchte ich, den Aushilfsbarkeeper zu passieren, wurde jedoch von einem ungewollt scheinend sanften Handauflegen auf meinem Brustkorb gestoppt.

„Wer bist du?", fragte er, einen Kopf kleiner als ich und ein paar Jahre jünger. Er hatte einen zornigen Blick drauf und einen unzufriedenen Tonfall.

„Mister Fencemiller, El Presidente.", antwortete ich, die Zigarette hüpfte beim Reden auf und ab.

„Wer?"

„Toni Zaunmüller. Kann i durch?"

Mein Tonfall kletterte eine genervte Oktave höher.

„Du kannst da nicht durch."

„Warum ned?"

„Rauchen ist ungesund.", antwortete er und packte ein verschmitztes Grinsen in den Abgang seines Spruches. Der Lausbub meinte tatsächlich, mir in sarkastischer Eloquenz die Stirn bieten zu können.

„*Leben* is ungesund. Und jetzt lass mi durch."

„Ne. Nur ausgewählte Gäste."

„Okay.", sagte ich, „Der Notausgang is ned angeschlossen. Des is illegal."

Ich war einfach ein Deutscher.

„Weißt du was illegal ist?", sprach er bedrohlich, steppte einen Schritt vor und schaute zu meinen Augen rauf. Ich wandte den Blick von ihm ab.

„Barfuß Auto fahren?", schätzte ich.

„Wenn ich dir meinen Schwanz ins Gesicht hau'."

„I glaub ned, dass des illegal is."

Phänomenaler Spruch von dem Kerl, aber ich gab's auf.

Ein Typ passierte uns, ging durch den Notausgang. Ich schenkte mir jedes weitere Wort und sah dem Kerl nach.

„Hey, Timo!", rief ich ihm nach, als ich ihn erkannt hatte.

„Toni, habe die Ehre!"

„Sag a mal, is da Hans im Hof hinten?", fragte ich ihn. Er drückte die Tür auf, sah links und rechts für mich nach. Der kleine Aushilfsbarkeeper beobachtete weiterhin jedes Fingerkrümmen von mir.

„Na, i seh ihn ned.", meinte Timo.

Ich entschied mich, zu Ivo zu gehen. Der feierte mit seinen Leuten den Geburtstag seiner Schwester. Oder den Namenstag seines Kumpels, keine Ahnung. Ich hörte alles nur auf Kroatisch. Wir quatschten über Dinamo Zagreb und Pljeskavica. Hört sich jetzt nach irgendeinem klischeehaften Scheiß an, den ich kurzerhand gegoogelt habe. Aber es ist tatsächlich so abgelaufen.

Ich nahm eine erneute Odyssee durch die tanzenden Menschen auf, um zur Bar zu gelangen und ein paar Shots zu holen. Da stand plötzlich der Typ aus der Schule neben mir. Der vom Anfang der Geschichte, der Geldbeuteltelefonierer.

Auf die Shots wartend schaute ich zu ihm hinüber, was er wohl als aggressiven Affront verstanden haben muss. Er schien mich nicht mehr zu kennen von den Pausenhofzeiten.

„Gibt's n' Problem?", fragte er. Ich grinste, ließ den Kopf vor meine Brust fallen und fragte mich selbst ernsthaft, wieso mir jeder Kasperl in dem Laden nichts außer Streit anbieten konnte.

„Kein Problem.", antwortete ich knapp, nach dem ich den Kopf wieder gehoben hatte.

„Dass die dich überhaupt reinlassen.", murmelte er mehr, als er sagte, und wandte seinen Blick von mir ab. Er zielte auf meinen Hoodie ab.

„Viel Geld und a langer Schwanz helfen.", meinte ich und schämte mich keine Sekunde lang dafür, dass ich zeitweise keines von beidem aufweisen konnte.

Dann dachte ich nach und kam zu der Folgerung, dass es wohl so gewollt war. Von Gott, dem Schicksal, dem Universum, Hans oder wem oder was auch immer. Innerlich suchte ich eine Konfrontation nach der anderen. Ich hätte nach dem „Nein" des Türstehers einfach gehen können. Ich hätte den kleinen Aushilfskellner seine fünfzehn Minuten Ruhm gönnen können. Doch überall suchte ich Ärger, den ich nun wohl gefunden hatte. In der Hochschule, mit meinen Kumpels, als Teenager im Fußballverein, Kathi. Überall reizte ich die Grenzen der Toleranz aus. Und auch jetzt hätte ich einfach gehen können. Mund abputzen, Shots nehmen, zurück zu Ivo. Ich hätte mir diese arrogante Scheiße von dem Typen aus den Gedanken wischen können und mein Leben weiterleben können. Und gerade, als ich so weit war, es gut sein zu lassen, schwirrten zwei Worte durch meinen Kopf und zertraten mein Vorhaben: scheiß drauf.

„Wos von beidem hast du, Geldbeuteltelefonierer?", fragte ich und setzte an die kürzlich ausgeblichene Konversation an.

„Geldbeuteltelefonierer?", fragte er und begann laut zu lachen. Es wirkte nicht echt, zu aufgesetzt. So als würde er wissen, von was ich sprach und es wieder zurück unter den Teppich der Unwahrheiten kehren wollen.

„Was soll das heißen?", fragte er, „Dass ich mit einem Geldbeutel telefoniere?"

„Genau des heißt des.", bestätigte ich, „Du hast die Weisheit von am tausendjährigen Mann. Herzlichen Glückwunsch."

„Pass auf, was du sagst.", mahnte er mit ausgestrecktem Finger. Ich nahm ihn keine Sekunde lang ernst.

Die Barkeeperin stellte das Tablett mit den fünf oder sechs Schnäpsen zu mir. Ich weiß nicht mehr, wie viele es waren, aber sie hatte einen vergessen und ging nochmal los.

Ich zog einen Zwanziger aus meinem Geldbeutel und wedelte dem Kerl neben mir mit dem Stück Falschleder provokant zu.

Der letzte Schnaps kam, ich legte das Geld auf den Tresen und ging plötzlich zu Boden. Erst jetzt spürte ich den Schlag, der schon einen Moment her war, hinter dem Ohr.

Ich lag unter der Bar, zwischen Lackschuhen und Strumpfhosen irgendwelcher anderer Besucher, die um mich rumstanden. Ich sah nach oben und erkannte Ivo, der dem Kerl prompt rechts und links eine langte.

Dann kam er rüber, zog mich wieder in eine standhafte Position. Ich machte die Fäuste kampfklar und ging nochmal zum Geldbeuteltelefonierer, der sich auf der Bar abstützte und von Ivos Watschn zu erholen versuchte. Ivo hielt mich zurück.

Ich schaffte es noch kurzerhand, mit Ivo die Shots zu kippen. Mein Kopf schmerzte etwas nach, aber wir lachten ohne ein Wort zu sagen. Dann war es so weit: ich war umstellt. Das Sondereinsatzkommando Security hatte schnell Wind von der Sache bekommen und nach mir gefahndet.

Mein Freund von der Eingangstür legte mir die Hand auf die Schulter.

„Keine Probleme hatten wir gesagt."

Anschließend lernte ich, dass der umgangssprachliche Begriff Rausschmeißer gar kein umgangssprachlicher Begriff war. Ich wurde wirklich rausgeschmissen.

Und da lag ich nun, auf dem Gehsteig. Verdreckte Hose, die Schachtel Marlboro in meiner Hosentasche total zerdrückt. Auf keinen war ich sauer. Nicht auf die Türsteher, nicht auf den Kellner, nicht mal auf den Geldbeuteltelefonierer. Und schon gar nicht auf mich. Einzig und allein auf Hans. Und den rief ich nun an.

„Ja?", meldete sich eine verschlafene Stimme.

„Hans?", fragte ich zwider.

„Toni?"

„Wo bist du, verdammte Axt?"

„Toni, wieso rufst du an?"

Er schien verwirrt.

„Hans, verarsch mi jetzt ned. Wo bist du? Im Paolo anscheinend ned. Und Tisch war a keiner reserviert."

„Toni, es is Freitag."

„Oh, vielen Dank. Bin i da bei da automatischen Zeitansage?"

„I feier' am Samstag."

„Wos?"

„Bis morgen, Toni."

Er legte auf. Ich checkte die Rundmail, die er ein paar Tage zuvor verschickt hatte.

„ ... lade ich dich herzlich am 12. Februar zu meinem Geburtstag ein. "

Ich checkte das Datum. 12. Februar. Jedoch 00:32 Uhr. Wieder lachte ich und sah mich selbst als Gefangener und Hauptakteur eines überuniversalen Puppentheaters. Ich schimpfte auf Gott, senkte den Kopf, watschelte fort. In dem Wissen, dass ich den selben Mist am nächsten Abend nochmal durchleben durfte.

Maxi

„Herein!", drückte eine kräftige Männerstimme in ernstem Ton durch eine der Türen aus schwerem Furnierholz im Neubau der Hochschule.

„Professor Martins?", tapste ich mich vorsichtig in den Raum, nachdem ich der Aufforderung gefolgt war und die Tür einen Spalt geöffnet hatte.

„Ach, Zaunmüller! Kommen Sie rein. Setzen Sie sich."

Martins stammelte konzentriert vor sich Brocken von Sätzen hin, die Brille auf der Nasenspitze vorne, kritzelte nebenbei mit seinem Kugelschreiber auf einem Notizblock herum und würdigte mich keines Blickes. Meinen Rucksack ließ ich von der Schulter gleiten, ich ging zu dem Stuhl an seinem Schreibtisch vor und setzte mich wortlos hin.

„Sie wollten mi sprechen?", fragte ich nach einiger Zeit der Stille, die lediglich durch sein Gestammel und dem Krakeln seines Kugelschreibers stellenweise durchbrochen wurde.

Martins beendete sein Schriftstück mit einem theatralischen letzten Schwung. Dann legte er den Stift beiseite, schob seine Brille hoch und schaute mir in die Augen. Wieder verging die Zeit langsam.

„Erinnern Sie sich an Informatik I?"

„A bissl."

„Dann helfe ich Ihnen auf die Sprünge: Sie hatten einen Drittversuch, 4,0."

„Ja."

„Zwei Tage davor sind Sie bei mir im Bauphysik-Zweitversuch durchgefallen."

„Is mir bekannt."

„Was bedeutet, Sie haben nächstes Semester mal wieder einen Drittversuch."

„So wird's sei."

„Wissen Sie, warum Sie in Informatik eine 4,0 hatten?"

„Weil die Einser scho alle weg waren?"

Ich wagte mich vorsichtig in einen Witz, was nicht auf große Annahme zu stoßen schien.

„Ich habe mit dem Professor Doktor Heitauer geredet, er hat Sie durchgewunken."

„Oh…"

„Schauen Sie, Zaunmüller. Sie waren bei mir in den Physik-Grundlagen, in Statik I, in der Thermodynamik. Auch wenn Sie von Anfang an ein fauler Student waren und sich zusätzlich sich noch dümmer gegeben haben, als Sie überhaupt sind, haben Sie alles ohne Probleme durchgezogen…"

Ich sagte nichts. Ich schaute ihm in die Augen, ohne ein weiteres Wort hören zu wollen.

„… Aber seit ein paar Semestern laufen Sie etwas… unrund."

„Unrund?"

Ich verstand den Vorwurf und auf was er wohl hinauswollte, doch – erneut – gab ich mich dümmer als ich war.

„Sie kommen zu spät, Sie tragen tagelang die gleichen Klamotten, Sie tragen Sonnenbrille in der Vorlesung, Sie nehmen nichts ernst. Sie scheinen hier und da verkatert zu sein. Letzte Woche hatten Sie einen Cut an der Augenbraue."

„Ach so, ja. A Kind hat an Schneeball auf mi geworfen und…"

„Natürlich, Zaunmüller. Alles klar."

Er wandte seinen Blick überlegend ab, so als würde er in eine fernliegende Zukunft sehen, nahm seinen Kugelschreiber zwischen Mittel- und Zeigefinger wieder auf und wippte ihn hin und her.

„Wissen Sie, was mich an Ihnen stört?", fragte er.

„Mei Frisur?"

„Es gibt hier haufenweise schlaue Leute. Haufenweise. Wir haben hier an unserer Hochschule wirklich Leute, die sind schlauer als die meisten Leute, die draußen in der Welt rumlaufen. Dann haben wir Leute, die lernen einfach viel. Lernen viel und schaffen viel. Dann gibt's die vermeintlich ganz Cleveren, die meinen, Sei blasen mir und den anderen Dozenten Zucker in den Arsch, um weit zu kommen. Tja, Zaunmüller. Und dann gibt's Leute wie Sie."

„Dankeschön."

„Das war kein Kompliment, verdammte Scheiße!"

Er wurde laut. Und wenn ein Dozent vulgär wird, ist es nie gut, denke ich. Er stand auf und ging zum Fenster. Wieder würdigte er mich keines Blickes. Er schaute aus dem Fenster in Richtung Stadt.

„Sie könnten hier der Beste sein. Sie könnten einen Top-Abschluss hinlegen. Sie könnten jeden Job bekommen da draußen. Aber Sie sehen sich selbst im Weg. Sie spülen alles die Toilette runter und nur Gott weiß, warum."

Wieder sagte ich nichts.

„Aber was mich am meisten stört,…", fuhr er fort, „… ist, dass Sie den Karren mit Absicht an die Wand fahren und es noch jedem ins Gesicht schleudern, wie stolz Sie überhaupt drauf sind."

Noch immer traute ich mich nichts zu sagen.

„Es läuft ab jetzt folgendermaßen: Sie kriegen Ihren Scheiß auf die Reihe. Sie erscheinen nächstes Semester bei jeder meiner Bauphysik-Vorlesungen. Mir scheißegal, ob es der Todestag Ihrer Oma ist oder ob Sie Karten für Bob Dylan haben. Sie werden da sein. Und im Sommer tanzen Sie zum Drittversuch an."

Dann drehte er sich wieder zu mir um.

„Und ich warne Sie, Zaunmüller: wenn Sie auf der Kippe stehen, dann kann Ihnen keiner mehr helfen. Nur noch das Arbeitsamt."

Ich bekam eine Scheiß-Angst.

Der Defaitist

„Darfs a Scherzl sei?", fragte mich Hilde. Ich überhörte es zwar nicht, reagierte aber auch nicht. Seit dreißig Sekunden hatte ich den Blick durch die Glasscheibe der Fleischtheke auf ein Steak geworfen, das mit „Porterhus" anstatt „Porter-house" ausgezeichnet war.

„Toni, Bub? A Scherzl?"

„Ach so, ja, wenn nix anderes mehr da is.", sagte ich zu Hilde, der Metzgereiverkäuferin meines Vertrauens am Grünen Markt in Rosenheim.

„Du schaust heut ned gesund aus.", meinte Hilde, nachdem sie die Leberkässemmel fertig zusammengebaut und sich umgedreht hatte, um an der thekenseitigen Arbeitsplatte das ganze Ding in Alufolie zu wickeln.

„Ja, i weiß a ned recht."

„Warst gestern lumpen?"

„I glaub', i krieg a Grippe.", meinte ich. Mit Lumpen wäre ich ja ganz leicht fertig geworden. Elotrans, Gatorade Blue, eine halbe Stunde Schlaf, kaltes chinesisches Essen und man war ein neuer Mensch. Aber hier konnte mir selbst diese Geheimrezeptur nicht weiterhelfen.

Am Morgen hatte ich erneut den Saldo meines Glücklichkeitskontos gecheckt und musste einsehen, dass ich wohl emotionalen Bankrott zu erklären hatte. Natürlich kannte jeder

Mensch der Welt das Gefühl, als hätte einem einer morgens in den Popcorneimer geschissen, aber das hier war anders.

Seit drei Wochen hatte ich nicht mehr richtig geschlafen, mein Herz schlug durchgehend im Takt einer Tätowiernadel und mit der Kraft eines Presslufthammers. Meine Nerven lagen bei dem kleinsten Problem sofort blank. Wenn das WLAN nicht funktionierte, wenn ich über den Wolf nachdachte, wenn ich den Unterschied zwischen Spaghettini und Spaghettoni zu hinterfragen versuchte, wenn bei meiner Serie Buffering angezeigt wurde.

So lag ich meistens nur in meiner Wohnung, die Hochschule hatte mich seit Wochen von innen nicht mehr gesehen. Ich vegetierte nur dahin und schaute Sitcoms und Gerichtsshows. Und wenn die aus waren, ließ ich mich von meinem Smartphone in die absurde Unendlichkeit des Internets ablenken und wurde stundenlang in eine Welt voller Clickbaits und den skandalträchtigen Nachrichten der Online-Ausgabe des Rosenheimer Käseblattes geführt.

Ich fand keinerlei Ursache. Natürlich lief mein Leben aktuell nur so dahin und im Studium war nicht alles rosig, was duftete. Die Ursachen bei so etwas liegen immer woanders, das war mir völlig klar. Während manche Menschen an der Tatsache verzweifeln, dass sie den ganzen Tag nichts zu essen für ihr

Dorf fanden, führte andernorts eine leicht fluktuierende Klickzahl des Instafeeds zu einem regelrechten Nervenzusammenbruch.

Dennoch schien ich beinahe hilflos. Und wie es halt dann immer so ist: wenn es mal scheiße läuft, dann aber richtig.

An jenem Morgen war ich nämlich aufgestanden und hatte fest vor, meine Badehose, die ich 2012 in einem Laden in Porec gekauft hatte und nie wieder anhatte, via Online-Inserat zu verkaufen. Jan aus der Lausitz hatte sich kurz nach der Erstellung des Inserates überaus freundlich bei mir gemeldet und zeigte reges Interesse.

„Hey! Wie viel? LG", war seine vor Poesie triefende Anfrage, die ich gerne angenommen hatte.

Verkauft war sie also, das Geld war bereits zu mir überwiesen.

Ich brachte es nur nicht fertig, das Scheißding wegzuschicken.

Und der Kerl wartete gewiss auf diese Schöpfung der Modewelt.

Ich war also aufgestanden und hatte das Ding in einen alten Karton gepackt. Ich checkte kurz meine Mails und sah wieder mal die Bitte des nigerianischen Prinzen, der den blankesten Studenten nach einer Finanzspritze fragte. Dann klickte ich auf Jans letzte Mail und schrieb die mir zugesandte Adresse auf den Karton.

Ich richtete mich zusammen, warf meinen alten abgetragenen, schwarzen und knielangen Mantel über, schlüpfte in meine weißen Sneaker, die mir seit geraumer Zeit schon das Innenfutter zeigten und ging ins Bad, um mir eine Ladung Wasser ins Gesicht zu werfen. Ermüdet vom Leben blickte ich in den Spiegel und sah Toni Zaunmüller. Er hatte einen Fünf-Tage-Bart, Augenringe, zerwuselte Haare und sagte mir, er scheiße auf meine Gefühle.

Bevor ich die Wohnung verließ, wollte ich noch einen Schluck Milch aus dem Tetrapack nehmen, wie ich es üblicherweise so abhielt und da geschah es: der Kühlschrank war über Nacht wohl krank oder tot geworden und hinterließ mir eine lauwarme Suppe, die auf den Boden tropfte.

Viel war eh nicht drin. Und was im Kühlschrank war, legte ich in die Spüle, um ihn abzubauen, was ich im Anschluss tat.

Jetzt schon ein Tag zum Vergessen.

Nun stand ich also da, in der Metzgerei und wartete auf meinen täglichen Schuss Leberkäse, den mir Hilde gerade einpackte. Sie reichte mir das Aluknäuel, ich gab das geforderte Münzgeld retour und Hilde sagte, ich solle meinen Eltern einen Gruß ausrichten. Dann trat ich den Weg zur Poststelle an. Ich schlenderte mehr, als ich denn ging, und mir fielen die kleinen Grashalme zwischen den Kopfsteinen am Ludwigsplatz auf, die mehr und mehr als eisige Stacheln aus dem Boden ragten. Nach einem fünfminütigen Fußmarsch, während welchem ich mir meine Dosis Leberkässemmel ins System schoss, war ich an besagter Poststelle angelangt.

Ich gab das Paket bei dem kleingewachsenen, Hosenträger tragenden Grantler mit Kranzfrisur und roter Knollnase ab und machte Kehrt, um mich wieder meinem sicheren Hafen namens Bett und meiner favorisierten Gerichtsshow zu widmen. Als ich die Poststelle verließ, begegnete ich dem Jesus-Mann, Rosenheims prominentestem Auswurf. Und das musste ja ein Zeichen von oben gewesen sein.

Er war ein Mann betagteren Alters mit Hornbrille und einem alten, ausgefärbten Tweet-Sakko. Er trug Vollbart und hatte eine grässlich hohe Stimme, mit der er auf dem Max-Josef-Platz vor dem Nepomukbrunnen die Passanten belästigte. Tut Buse! Schweinepriester! Der Herr hat nichts als Liebe für euch!

Nachdem er bereits einer jungen Frau vorgeworfen hatte, sie würde im Fegefeuer Blowjobs an den Teufel und seine mit Dreizacken bewaffneten Freunde verteilen, rätselte ich, was er mir an den Kopf schmeißen könnte. Von Haus aus schon mit einer nicht wirklich greifbaren abstrakten Angst beladen, überlegte ich kurz, ob ich durch eine der Gassen rüber zum Ludwigsplatz auswich und ihm aus dem Weg ginge. Aber was sollte an diesem Tag noch schiefgehen?

Zu meiner Überraschung bleib es bei einem kalten und grimmigen Blick zu mir rüber und ich sputete mich, um schnellstmöglich vom Max-Josef-Platz rüber zum Ludwigsplatz zu kommen. Über besagten Ludwigsplatz versuchte ich dann wiederum, zurück zu meiner Bude zu gelangen, um endlich meine Gerichtsshow anzuschauen. Da kam schon der nächste Quacksalber. Er trug Glatze und eine weite Ballonhose.

„Entschuldige mal.", quatschte er mich bei der Nikolauskirche an. Seine Stimme war langsam und gemütlich angelegt. Mir allerdings reichte es langsam.

„Na, Mann. Egal, wos du verkaufst... i hab echt kein' Bock grad."

„Dauert nur ne Minute. Oder musst du dringend weiter?"

„Sehr dringend.", sagte ich und blickte ihm traurig in die Augen.

„Was hast du denn vor?", hakte er nach.

„Okay, du hast mi. Wos is?"

„Sagt dir Sri Krishna was?"

„Ach so, na. I hab grad mit deinem Kumpel vorn am Max-Josef-Platz geredet."

„Vollkommen andere Organisation. Kennst du Hare-Krishna?"

„I kenn an Schuster Harry.", entgegnete ich, weiterhin hoffend, mich bald in Luft auflösen zu dürfen.

„Sri Krishna ist die achte Inkarnation von Vishnu."

„Okay."

„Ich will dir nicht zu nahe treten, aber du siehst etwas traurig aus. Vielleicht hilft dir die Theorie etwas."

Dann begann er, mir seinen theologischen Ansatz haarklein vorzubeten, um im Jargon zu bleiben. Ich stand gefühlt stundenlang da, spürte meine Zehen Sekunde für Sekunde einen Tick weniger und begann bald, bestärkt durch den aufgezogenen trocken kalten Wind, mit den Zähnen zu klimpern.

Als ich zum ersten Mal aktiv nach unten sah und bemerkte, dass der Kerl bloß Jesus-Latschen trug, wurden meine Zehen noch schneller taub. Doch ich wollte nicht unhöflich sein. Ich wollte dem jungen Kerl das gleiche Maß an Freundlichkeit entgegenbringen, wie er mir. So hätte es die Theorie nach Sri Krishna verlangt. Sehen Sie, schon was dazugelernt.

Er beriet mich ewig lange, schenkte mir im Anschluss noch ein Buch über die Strömungen des Vajrayana und verabschiedete mich mit einem warmen Handschlag. Ich steckte das Buch in die Innentasche meiner Jacke und machte mich aus dem Staub.

Mein Magen begann erneut zu knurren. Die Leberkässemmel war einfach zu wenig, geschweige denn, dass sie gut war oder meine Laune hob. Hätte ich bloß nicht so lange mit dem Hippie gequatscht.

Auf meinem Weg nach Hause kam ich an einem der zigtausend Dönerläden in Rosenheim vorbei. Ich ging rein und wartete, vor mir war eine Mutter mit ihrem Kind, dem es die Speisekarte auf Kindersprache übersetzte. Da ist Lammfleisch drin, das Fleisch von einem Baby-Schaf. Herr Gott. Oder Krishna, sucht euch was aus.

Nach weiteren Geschichten über den Schafskäse und die bilderhaft erklärte Herkunft der Sucuk war ich an der Reihe. Auch wenn ich Hunger hatte, so war er doch durch die Leberkässemmel etwas gedämpft, natürlich. Einen ganzen Döner würde ich nicht reißen, dachte ich, so bestellte ich einen Schülerdöner.

„Geht nicht.", sagte der Dönermann.

„Wieso ned?"

„Du bist kein Schüler."

„Ja, aber des is doch Wurscht."

„Nein, Schülerdöner ist nur für Schüler."

„A Schülerdöner is doch einfach a kleiner Döner."

„Für Schüler.", wurde ich berichtigt.

„Ja, für Schüler. Weil Schüler kleiner sind und weniger essen. Also kriegen's an kleineren Döner."

„Nur Schüler."

Ich ließ die Arme auf die Hüfte fallen, weil ich mich zum weiß Gott wie viel tausendsten Mal in einer absolut hirnverbrannten Diskussion mit einem scheinbar geistig Unbewaffneten befand.

„Okay, i bin Student."

„Nur Schüler."

Der Kerl verzog keine Miene. Er hatte einen 3-Millimeter-Haarschnitt, der seinen Haarausfall kaschieren sollte. In seiner Hand hatte er den elektrischen Dönerschneider. Oder wie zum Geier das Ding hieß.

„Im Museum bekommen Studenten und Schüler die gleiche Ermäßigung. Im Kino a. Sogar im Freibad. Studenten und Schüler sind in Preisfragen des gleiche."

„Dann geh zu Museum und hol dir Döner da."

Touché.

„Okay, i bin Fahrschüler."

„Fahrschüler?"

„Ja, des is a Schüler. I mach an LKW-Schein. Kannst mi alles fragen. Reifendruck 1,6 bar. Profiltiefe von Winterreifen 4 Millimeter. Angurten vorm Fahren."

Die Angaben betrafen den Autoführerschein, aber da ich mit einem offensichtlichen Grenzdebilen redete, ging ich davon aus, dass das durchging.

Der Döner – letztendlich kein Schülerdöner – stillte endgültig meinen Hunger, hob jedoch auch nicht meine Stimmung. Aber davon war auszugehen. Als ich die Tankstelle beim Rathaus draußen sah, kam mir der Einfall, noch ein Packerl Tschick mitzunehmen, dann konnte ich ganz sicher die nächsten Tage im Bett verbringen.

Alle Säulen waren frei, dennoch drang ein bissiger Geruch von Benzin in meine Nase, als ich zum Eingang rübermarschierte.

An der Kasse stand ein kleiner Asiate, der mich keines Blickes würdigte und sein Cap tief ins Gesicht gezogen hatte.

„Hey, Mann. A Marlboro Gold, a kleine, bitte.", verlangte ich.

„7 Euro.", sagte er, nachdem er die Schachtel aus dem Regal hinter sich holte, und blickte einen Moment auf, worauf ich meinte, ihn zu erkennen. Ich legte das Geld auf die Ablage aus Hartplastik vor der Kasse. Ich kniff die Augen fragend zusammen und drehte meinen Kopf ein wenig, um unter sein Cap sehen zu können.

„Ahn?", fragte ich.

„Wie bitte?", fragte der kleine Kerl zurück.

„Oh, sorry.", wich ich zurück, „I hab di verwechselt."

„Mit wem?", fragte er interessiert. Er blickte mich fokussiert an.

„Ach, i hab mit einem studiert, der sieht dir ähnlich."

„Weil er Asiate ist?"

„Ja… also… ihr schaut's euch halt ähnlich."

„Ist er auch aus Vietnam?"

„Glaub aus Thailand."

„Das sind zwei verschiedene Länder."

„Ja, des is mir scho klar."

„Ach so, weil wir beide Schlitzaugen sind, sehen wir uns ähnlich. Toll, zur Abwechslung mal wieder dezenter Rassismus in Oberbayern."

„Wos? Komm mal runter. So war's doch ned gemeint... Es war halt..."

„Haha.", begann er zu lachen, „Toni Zaunmüller, du solltest dein Gesicht sehen!"

Mein Gesicht sah ich jeden Tag.

Er lachte weiter und kam hinter der Kasse hervor. Freudig klatschte er bei mir ein und umarmte mich.

„Studierst noch?"

„Mehr oder weniger.", antwortete ich verlegen, „Du?"

„Hab's nach fünf Semestern fertiggemacht."

„Zu dem Klischee sag' i jetzt nix."

„Haha, Zaunmüller. Immer noch trocken wie Kino-Nachos."

„Ja, klar."

„Gut schaust du ned aus, Toni.", wechselte er das Thema. Sein Lachen wich einem ernsten, beinahe stoischen Blick.

„Es läuft halt ned so gerade."

„Wieso?"

Ich erklärte ihm die ganze Chose. Das Studium, die schlaflosen Nächte, die Gerichtsshows, das Verfaulen mit Mitte zwanzig, die Selbstzweifel, die Ablehnung von alles und jedem, Jan, der Kühlschrank.

Und dann nahm er den Vorschlaghammer und haute mir auf den Kopf.

„Schau, Toni. Du bist ein Defaitist."

„A wos?"

„Geh raus und hau dem Leben in die Fresse!"

„Sagt da Kerl von da Tankstelle.", gab ich monoton zurück.

„Sagt der Kerl, der nach fünf Semestern fertig war und ein Stipendium für den Master in Oxford hat, auf den er bis Frühjahr wartet."

„Fuck."

„Fuck, genau. Du warst doch im Studium immer schon so ein Misanthrop. Du lebst doch ein geiles Leben und nimmst es nicht an für dich. Du bist ein absoluter Masochist."

„Kannst du mal Begriffe hernehmen, die i versteh'?"

„Das mein' ich: du verstehst genau, was ich sage und versteckst dich hinter gespielter Dummheit. Schau dich an, du schaust doch fresh aus mit deinem Mantel und den Sneakern und der Weste darunter. Und du läufst rum, als würdest du von dir selbst denken, du wärst das hässliche Entlein. Schulter hängend, Kopf hängend, Frisur auf halb acht. Du bist bald Ingenieur, du bist Single, du bist jung, dir ist alles scheißegal. Du hast keine Verpflichtungen, keinen, der dir auf den Sack geht. Du kannst da draußen alles vögeln, was Beine hat. Weißt du, wie viel Leute mit dir gerade tauschen würden? Also sieh des Ganze mal ein bisschen positiver."

Es folgten ein paar Sekundentakte mit Stille. Ahn schaute mich weiter an.

„Kennst du noch den Georg aus dem Studium?", fragte er weiter.

„Da Sudoku Schorsch?"

„Genau, der im dritten geschmissen hat. Der war vorgestern beim Tanken hier."

„Ja, und? Der war scho immer a Spritti.", lachte ich.

„Der hat einen Kombi gefahren."

„???"

„Einen Kombi, Zaunmüller. Einen Kombi! Als er beim Zahlen hier drin war, haben seine Kinder aufm Rücksitz Trampolin-springen gespielt, seine Frau war komplett überfordert, schrie ihm noch irgendwas nach…"

Seine Stimme wurde verzweifelt.

„Du hättest den sehen sollen, Toni. Der hat schon bald graue Haare. Glücklich sieht echt anders aus. Ich schwör dir, der würde seine beiden Hoden hergeben, wenn er drei Minuten dein Leben haben könnte. Also reiß dich mal zusammen, Al-ter."

„Des repariert mein' Kühlschrank a ned."

„Scheiß doch mal auf deinen Kühlschrank. Vielleicht ist der Kühlschrank eine Reflektion der Situation, in der du dich selbst gerne siehst."

„Wow."

Er ging wieder hinter die Kasse.

„Des sind nur sechs Euro.", sagte er, als er das Geld von der Ablage nahm.

„Ups.", hoffte ich zu berichtigen und zog noch ein Goldstück der europäischen Währungsunion hervor.

Ahn kam nochmal von der Kasse hervor und umarmte mich. Ich schaute ihn kurz an.

„Oxford?"

„Ich hätt's nie geglaubt, dass die mich nehmen."

Ich verabschiedete mich und ging raus. Es war ein seltsamer Tag. Viele philosophische Interaktionen schmückten meinen Vormittag. Ich drehte mich nochmal um und sah durch die Scheibe Ahn an, der irgendwelche Chips einräumte und dabei die beste Laune schob. Ich grinste. Zum ersten Mal an diesem Tag war mir etwas wohler als sonst.

Ich sollte lernen, dass die Lustlosigkeit und Niedergeschlagenheit und die schlaflosen Nächte und die Migräne mich noch des Öfteren im Leben heimzusuchen versuchten. Und es war auch nicht der letzte Kühlschrank, der kaputtging. Das Leben bestand manchmal eben aus einem Eimer voll Scheiße. So wurde halt gespielt. Vielleicht war Gott längst tot. Oder vielleicht gehörte ja alles zu Krishnas Plan.

2003

„Ja?"", antwortete der Mann, kurz, hastig und bündig. Wahrscheinlich vor lauter Aufregung, wer ihn um diese unchristliche Zeit noch anzurufen wagte.

„Ja, hey, Servus. Da is Zaunmüller, Toni Zaunmüller. I hab a Frage: a Spezl von mir hat mir gesagt, Sie drucken Bachelorarbeiten…"

„Da hat dei Spezl recht."

„Genau, ja. I bräucht' meine gedruckt. Bis morgen, wenn's geht."

„Morgen? Is a weng kurzfristig…"

„I weiß. Binden müssten Sie's a, bitte."

„Wurscht. Pass auf, schick mir die Arbeit no heut Abend. Morgen um 7 kannst du's abholen."

„Ähm…"

„Ach, Bub. Die letzte Nacht wirst no brauchen, oder?"

Der Mann sollte recht behalten. Ich brauchte noch die letzte Nacht. Und etwas von den Morgenstunden. Aber es sollte sich lohnen. Die Ziellinie war in Sichtweite. Fünfeinhalb Jahre, elf Semester, unzählige schlaflose Nächte – alles kam zu einem Ende. Ableiten, wieder integrieren, Laborversuche, Programmiersprachen. Von nichts hatte ich Ahnung, doch ich packte mein Schicksal am Hals und haute ihm ordentlich eins vor den Latz. Eine Nacht noch und ich sollte Ingenieur sein.

Ohne Korrekturlesen schickte ich die Arbeit mitten in der

Nacht an die E-Mail-Adresse des Mannes, der sich ein paar Stunden zuvor auf der anderen Seite der Telefonleitung befunden hatte. Danach legte ich mich noch kurz hin.

Um dreiviertel sieben weckte mich dieser unerträgliche Ton am Handy. Jedes Gabelkratzen auf Porzellan war angenehmer. Ich stand auf, warf mir meine Jacke locker um und fuhr zu der Adresse, die mir Pippo genannt hatte, als er mir die Telefonnummer und Empfehlung für die Druckerei zugespielt hatte.

Ich fuhr raus in Richtung Brückenberg, fuhr auf der Hauptstraße zweimal an dem Haus vorbei, unsicher, ob ich wirklich richtiglag. Dann bog ich in die Einfahrt ein. Meinen Polo zwängte ich zwischen einen Pickup und einen Jeep, die es beide mit der Parkplatzmarkierung nicht allzu ernst gemeint hatten.

Mein Zweifel hielt an. Das Haus mit der mir genannten Adresse zeigte an „Showgirls – Live Erotik, Bar, Strip". Mit Ingenieurwesen hatte das mit Ausnahme der hauptberuflichen Tätigkeit einiger Besucher wenig zu tun, dachte ich.

Langsam näherte ich mich dem Türschild, um mich der Adresse wegen zu vergewissern. Zur Printstation sollte man einmal um die Ecke gehen, stand da. Was ich tat.

Ich schob die Tür nach innen und trat ein. Eine blonde Dame mit gemachten Hupen und für eine Druckerei sehr freizügige Kleidung saß hinter einem Tresen zwischen Bergen von Papieren und Bürogeräten. Sie sah mich, legte die Nagelfeile beiseite und beugte sich ein wenig nach vorne.

„Challo, was wollen?", fragte sie, direkt und in osteuropäischem Akzent.

„I hab a Bachelorarbeit zum Drucken bestellt…"

„Warten.", unterbrach sie mich und erhob ihren dekorierten Finger, während sie sich umdrehte.

„Rudi!", rief sie, „Rudi! Da ist Mann für dich!"

Besagter Rudi kam mit einer zusammengerollten Zeitung unter der Achsel eingezwickt aus einer Tür und knöpfte sich die Hose zu. Hinter ihm hörte man die Klospülung laufen.

Rudi war etwa Mitte oder Ende vierzig und ich sollte nun ahnen, dass die Druckerei wohl eher als Nebengewerbe für das Reinwaschen der Euros aus dem Schuppen nebenan anzusehen war.

„Jawohl, Zaunmaier.", schnaufte er gut gelaunt und sichtlich erleichtert aus sich heraus.

„Zaunmüller.", entgegnete ich, die Verbesserung bereits gewohnt.

„Von mir aus.", antwortete er lustlos und legte die Arbeiten auf den Tresen, „So. Drei Exemplare mit Bindung und CD-Hülle. Sechzig macht's bitte."

Er schaute mich an, während ich meinen Geldbeutel aus der Hosentasche zog.

„Nur Cash.", räusperte er dezent.

„Soll mir recht sei'."

Ich gab ihm drei Blaue und schoss mit meinem Polo zur Hochschule, um die Arbeit im Prüfungsamt abzugeben. Die restlichen beiden Exemplare steckte ich in die Postfächer meiner Dozenten. Ich zögerte, als ich die zweite Arbeit ins Fach fallen ließ. Und dann war es so weit.

Meine Schläfen wurden von dem wochenlang anhaltenden Druck erlöst, meine Mundwinkel bogen weit nach außen. Unbezahlbar.

Für den Abend hatte ich Michi und Ferdl eingeladen. Die hatten Urlaub oder frei oder so und wir meinten, ein Mittwochabend eigne sich gut, um eine Abschlussfeier zu starten.

Dafür fuhr ich nach der Abgabe der Arbeiten straight zum Supermarkt. Die gute Laune schien unter der Fahrt nicht abzureißen. Ich sang im Auto, ich fühlte mich als freier Mann. Mit einer selten dagewesenen Lockerheit steuerte ich mein Vehikel durch die Innenstadt.

Auf dem Parkplatz des Supermarktes öffnete ich das Handschuhfach und nahm den Schmierzettel raus, auf dem ich vermerkt hatte, was ich alles brauchte für den Abend mit den Jungs. Jalapeno-Poppers, Chips, Bier, Kippen, Weinschorle, Pizzateig.

Noch immer lächelnd flanierte ich durch die Gänge des Supermarktes und hatte eine wichtige Entscheidung zu treffen: Sour Creme oder Chili Flavour. Ich hasste es, in der Verantwortung zu stehen.

„Toni?", hörte ich es plötzlich hinter mir, „Toni Zaunmüller?"
Verwundert drehte ich mich um. Ein junger Mann mit lichtem
Haar und noch lichterem Blick sah mich freundlich an.

„Josi Preußmeir!", rief ich, beinahe euphorisch, nachdem ich
ihn erkannt hatte, „Wos macht die Kunst?"

Josef, genannt Josi, lernte ich 2003 kennen, als ich auf die Realschule kam. Er war in einer anfangs fremden Klasse und
Umgebung mein erster Banknachbar und Freund.

2003 war allerdings auch gleichzeitig das Jahr, in dem er die
Schule wieder verlassen hatte, da seine Eltern um Weihnachten rum meinten, er solle sein Glück lieber auf der Haupt-
schule versuchen.

Ich sah ihn an, dachte an die unschuldige Zeit zurück und ich
machte mir Gedanken darüber, was 2003 überhaupt für ein
grandioses Jahr war. Ich wurde zehn, mein Kastenschulranzen
wich einem richtigen Rucksack, die Autos waren ordentlich,
die Bundesliga noch spannend und die Technologie war gut
genug, um keinen weiteren Fortschritt mehr einzufordern.
Man konnte drahtlos telefonieren, DVDs brennen, googeln
und die Computerspielgrafiken waren ebenfalls gut genug, um
einen verdienten Vergleich mit der Realität ziehen zu können,
und gleichzeitig noch schlecht genug um noch einen Unterschied zu erkennen. Man konnte online chatten. HDL hier und
WTF da. Aber alles war eben noch vor dem ganzen Wahnsinn

rund um KI, Selfies, Influencer und Shitstorms. Bingen, swipen, Thumbnails. Prank-Shows und Flashmobs.

Seine Lippen bewegten sich immer noch zwischen den sprießenden Barthaaren um seine Gesichtsbauteile und ich kniff die Augen einmal kurz zusammen, um aus meiner Träumerei von 2003 zurück in die Gegenwart zu kommen.

„Wos?", fragte ich, in der Hoffnung eine Kurzzusammenfassung der letzten dreißig Sekunden zu erhalten.

„Was machst du?"

„Hab gerade mein Studium abgeschlossen."

Arroganter Hund, ich hatte gerade einmal fünfzehn Minuten zuvor meine Arbeit abgegeben. Und benotet war das Ding noch lange nicht.

Josi zog aus seiner Einkaufshandtasche ein Stück Papier und hielt es mir vor die Nase. Zeitgleich ließ er in der anderen Hand einen Kugelschreiber seine Mine mit einem Klick ausfahren, den er mir dann ebenfalls entgegenstreckte.

Er bat mich, meine Nummer aufzuschreiben, um in naher Zukunft vielleicht mal das typische Bier zu trinken, zu dem man sich immer verabredete, nachdem man sich fünfzehn Jahre lang nicht gesehen hatte.

Ich zögerte zunächst. Aber was sollte passieren? Fünfzehn Jahre lang hatte ich nichts von ihm gehört. Das würde auch so bleiben, dachte ich mir.

Mittlerweile waren wir auch an dem Punkt des Gesprächs angelangt, wo er langsam begann, mir mit dem aufgezwungenen Smalltalk ein wenig auf den Sack zu gehen und ich mich wieder lieber den Chips widmen wollte.

Wir verabschiedeten uns und er meinte, er würde sich melden, wegen dem Bier. Ja, ja.

Ich hatte alles beisammen und bezahlte an der Kasse die 20,03 Euro für die nötigen Utensilien. Draußen vor den Toren des Supermarktes holte ich mir noch ein Päckchen Zigaretten vom Automaten und trat den Heimweg an.

Zuhause belegte ich die Pizza, schaltete den Computer aus, der noch vom Tippen der halben vorherigen Nacht lief, und räumte die Bude ein wenig auf.

Der restliche Tag lief ein wenig so dahin und an mir vorbei.

Pünktlich um drei nach acht schlugen Michi und Ferdl auf.

Für einen Mittwoch tranken wir recht viel, aber irgendwie hatten wir auch jeglichen Grund dazu. Wir lachten viel, Michi erzählte die Geschichte von dem Kerl, der eine Woche zuvor in der Mittagspause beim Metzger vor ihm stand und seine Frikadelle zurückgeben wollte, weil er keinen Fisch bestellt hatte. Wir lachten und rauchten und hörten Musik und genossen die Zeit und dachten nicht an morgen.

Ferdl meinte gegen elf, dass sein Spusi, die Meier Karo, Schicht in der Spezlwirtschaft hätte, einer Alt-Rosenheimer Kneipe gegenüber von der Berserker Bar am Salzstadel.

Wir beschlossen, den Abend gänzlich zu ertränken und traten vor die Tür. Die Luft hatte diesen sommerlichen Suff-Geruch angenommen.

Vollsten Mutes gingen wir in Richtung Innenstadt und ich konnte es kaum erwarten, in der Spezlwirtschaft zu sitzen. Unterwegs rissen die Stories der beiden Burschen nicht ab und ich kam aus dem Lachen nicht raus.

Es waren noch zirka zweihundert Meter zur Spezlwirtschaft, wir waren schon am Ludwigsplatz. Da läutete plötzlich mein Handy. Anruf, unbekannte Nummer. Und doch konnte man an der Stelle schon vermuten, wer es war, oder?

Mir kam wieder dieses ungeliebte Gefühl einer dunklen Vorahnung hoch. Ich ging ran.

„Hey, Toni!", meldete sich eine freundlich angelegte, helle Männerstimme.

„Josi…", gab ich mich genervt und schnaufte fest, „Des hat ja lang gedauert. Wos gibt's?"

„Ähm… klingt jetzt vielleicht blöd, aber… ich hab heut Vormittag in dem Laden keine Eiswürfel mitgenommen und brauche dringend welche. Ich bekomm Gäste…"

„Josi…", sagte ich und nahm den Hörer runter, während ich wütend Michi und Ferdl ansah, „I hab a keine."

„Schon. Aber du sagtest doch, du wohnst beim Rathaus draußen. Kannst du vielleicht welche an der Tanke dort holen und mir vorbeibringen? Bitte. Ich geb' dir des Geld. Ich zahl noch was drauf für deine Mühe. Aber ich kann gerade nicht weg hier."

Michi zündete sich derweil eine an. Beide standen sie wortlos da und warteten, bis mein Telefonat vorüber sein würde.

„Okay.", gab ich nach. Ich hatte weniger als keine Lust, aber mein schlechtes Gewissen steckte schon in den Startschuhen. Ich dachte an den barmherzigen Samariter und daran, dass Pfadfinder jeden Tag eine gute Tat vollbringen würden. Shit.

„Schick mir die Adresse."

„Danke, Toni. Du hast was gut bei mir."

„Ja, ja. Bassd scho."

Ich erklärte Michi und Ferdl, dass sie schon mal vorgehen sollen, ich müsste kurzfristig was erledigen. Sie gingen schon mal vor in die Spezlwirtschaft. Ich dagegen kehrte um und besorgte einen Sack Eiswürfel an der Tanke und ging zu der Adresse, die mir Josi mittlerweile aufs Handy geschickt hatte.

Es dauerte kürzer als ich dachte, vielleicht zwanzig Minuten, bis ich bei Josi war.

Am Eingangsbogen drückte ich gegen das Gitter, das sich mit einem widerlichen Quietschen öffnete. Ich passierte den alten, mit Gewächs befallenen Eingang und stellte mich vor die Haustür. Im Dunkeln suchte ich an der Haustür Josis Klingel. „Preußmeir" – da war's ja.

Der Summer öffnete mir die Tür und ich ging in das dunkle

Treppenhaus. Lichtschalter schien es keinen zu geben. So tastete ich mich Schritt für Schritt nach oben. Die alten, langen Stufen knarzten bei jedem Schritt.

An der Klingel stand was vom dritten Stock, weshalb ich diese Etage auch anpeilte. Dort angelangt, schnaufte ich einmal kurz durch, schämte mich, dass ich mittlerweile vom Treppensteigen schon durchschnaufen musste, und suchte nach einer zweiten Klingel an der Wohnungseingangstür.

Die Tür war hoch und für einen Altbau nicht untypisch. Hölzern und verziert, mit einer dunklen Farbe bestrichen. So viel man eben erkennen konnte mit Handylicht. Aber Klingel fand ich keine.

Die Tüte mit den Eiswürfeln begann bereits, auf den Boden zu tropfen. Ich merkte es, als einer der Tropfen seinen Weg in meinen Schuh fand. Ich klopfte an die Tür. Zweimal, dreimal, ein viertes Mal. Nichts tat sich.

Ich entschied, zu gehen, und wollte noch einmal ein letztes Mal klopfen. Da merkte ich, dass die Tür die ganze Zeit über nur angelehnt war. Vorsichtig stieß ich sie auf.

„Josi?", rief ich flüsternd in den langen, ebenfalls dunklen Flur hinein, „I bin's. Da Toni. I hab deine Eiswürfel."

Es tat sich nichts. Ich ging hinein.

Gerade, als ich den ersten Fuß in die Wohnung setzte, ging das Flurlicht an und Josi kam mit einem großen Glas Spritz aus einem der Zimmer nebendran und stolzierte auf mich zu. Er bewegte sich glatt und schwebend. Er trug einen weißen Pollunder und hatte sich seine restlichen Haare zu so etwas wie einer Frisur hingeklebt.

„Toni, Schatz. Komm rein, bitte. Setzen wir uns ins Wohnzimmer.", sagte er in einem gestochenen und etwas weiblich verziertem Ton, „Ach, komm. Ich nehm' dir das ab. Was trinkst du?"

Er bewegte sich anders als am Vormittag, er redete anders, er roch anders und er sah anders als aus. Außerdem war keiner da, was für eine Feier mit Gäste, wie er es ankündigte, recht wenig ist.

„Komm, komm mit ins Wohnzimmer.", sagte er mit Nachdruck.

„Also, Josi...", stotterte ich mehr, als ich sprach, „I muss eigentlich glei wieder los, also..."

„Ach, komm. Ein Glas. Rot oder Weiß?"

Ich ließ mich breitschlagen.

„Rot.", sagte ich, in dem Wissen, Rotweingläser sind kleiner, ich habe weniger zu trinken und kann früher verduften, ohne unhöflich zu wirken.

Ich folgte ihm den Flur entlang und er geleitete mich ins Wohnzimmer. Ich setzte mich auf die drinstehende Couch und Josi verschwand in die Küche, um die Eiswürfel zu verstauen und mir das Glas Rotwein zu holen.

Still saß ich da und schaute mich um. Die Luft war durchtränkt von den Duftkerzen, die überall im Raum verteilt standen. Die Wohnung war schlicht beleuchtet und nobel bestückt.

Josi kam zurück, reichte mir das Glas und setzte sich neben mich auf die Couch. Gruzifix, dachte ich. Weißweingläser waren die kleinen.

Josi schlug seine dünnen, in einer Röhrenjeans steckenden Beine übereinander und schaute mich wortlos an. Er hatte so ein Grinsen aufgesetzt, das irgendwo zwischen lasziv und diabolisch lag und ich bekam ein komisches Gefühl. Noch komischer als zuvor.

Mit von Unsicherheit und Langeweile verursachten, hängenden Schultern lehnte ich in der Couch, die Beine weitauseinander, das Glas hielt ich dazwischen. Meinen Blick hatte ich ins Glas gerichtet und ich dachte an nichts. Im Augenwinkel sah ich, dass Josi mich noch immer anglotzte, ohne zu viel zu sagen.

„Cheers.", sagte er und hob sein Glas.

„Prost.", erwiderte ich und nahm einen vorsichtigen Schluck.

„Hm, gut.", bestätigte ich seine Auswahl, obwohl ich keine Ahnung hatte von Wein.

„Ist ein 2003er.", sagte er. Ich schaute ihn an.

„Josi, wo sind deine Gäste?", traute ich mich nun endlich zu fragen.

„Mach dir um die keine Sorgen.", meinte er, lehnte sein Kinn auf seine Hand und konzentrierte sich auf meine Gesichtspartien. Langsam wich mein komisches Gefühl einer nackten Angst. Der Kerl war doch kein Serienkiller oder so?

Ich schaute wieder in mein Glas, schaltete das Hirn ein und stellte es umgehend auf den Tisch. Ich konnte zwar nichts Seltsames schmecken, aber ich traute dem Glas weniger als Josi.

„Ja, Josi. I muss dann wieder.", sagte ich und stand auf.

„Toni, Schatz. Setz dich wieder.", sagte er, wieder in diesem aufgesetzt komischen Ton, nur etwas fordernder nun.

Und meine Gedanken hatten nur eine Antwort: es war jetzt so weit. Gleich würde er ein Tuch mit Chloroform oder eine mit Pferdebetäubungsmittel gefüllte Spritze rausholen, mich damit ohnmächtig machen und sobald ich aufwachen würde, wäre ich mit Gürteln an einem Stuhl gefesselt und sähe ein Repertoire an Kneifzangen, Teppichmessern und Schlagringen vor mir.

Das war's, dessen war ich mir sicher. Die Geschichte des Toni Zaunmüller wäre zu Ende. Zum Glück sind wir bereits fast am Ende des Buches. Wär ja ein Trauerspiel, wenn ich am Anfang bereits draufgegangen wäre.

„Josi, i glaub kaum, dass da heut no wer kommt.", versuchte ich mit bibbernder Stimme auf Zeit zu spielen, „Also entweder, du erzählst mir jetzt, wos da los is, oder i hau ab."

Er reagierte zunächst nicht, also machte ich den ersten Schritt in Richtung Aufbruch.

„Du glaubst doch nicht ernsthaft, ich hätte dich wegen der Eiswürfel hergeholt, oder?"

Mein Herz begann zu rasen. Ich dachte, wenn ich schnell genug an der Wohnungstür wäre, hätte ich eine plausible Chance. Aber wenn ich vom Treppensteigen vorhin schon so außer Atem war, wie sollte ich dann vor einem Mörder fliehen. Die kriegen im Film immer jeden, obwohl sie die rennenden Opfer immer nur im seichten Gang verfolgten.

Ich war wie festgefroren, fühlte mich kaum in der Lage, mich zu bewegen.

„Ich stelle dir nun drei Fragen, Toni."

Ich war gespannt.

„Bist du ehrgeizig, bist du kompetent und hast du Platz auf deinem Bankkonto?"

Nicht drei Fragen, die ich im Kopf hatte, aber gut. Nun wusste ich, auf was er hinauswollte. Ich fühlte Erleichterung. Zum zweiten Mal an diesem Tag fiel eine Last von mir ab. Erneut begann ich zu überlegen. Der Wein, die Röhrenjeans, die Duftkerzen, die Frisur, das laszive Gerede. Noch immer nicht, was mir wirklich zusprach, aber besser, als umgebracht zu werden. Ich lächelte etwas.

„Pass auf, Josi. Mi ehrt des Interesse, aber i bin ned… naja, du weißt scho."

„Bist nicht was?", fragte er und runzelte seine Stirn. Ich ging es vorsichtig an. Abfuhren sind nie leicht.

„Schwul."

„Schwul?"

„Äh, homosexuell. Sorry."

Josi wirkte plötzlich verlegen. Er riss die Augen weit auf, sein Blick wurde starr. Wie bei einem Jungen, der gerade von seinen Eltern beim Masturbieren erwischt wurde und nun zu erklären hatte, dass seine Hände trocken waren und... naja, Sie wissen schon.

„Toni, ich bin... wollte... Ich sagte dir doch heute Vormittag, dass ich in Network-Marketing mache. Wir suchen junge, kompetente, ehrgeizige, selbstbewusste und sympathische Typen."

Wie aus dem Lehrbuch. Den Satz hatte er – bis auf den stotternden Beginn – gewiss schon dutzenden von Leuten aufgetischt. Außerdem: sympathisch? Selbstbewusst? Ehrgeizig? Also, Menschenkenner ist aus dem keiner geworden.

Er hob seine Stimme zurück in eine authentisch zu scheinende Lage, richtete sich etwas von der Couch auf und fuhr fort.

„Wir machen Brandings und vermitteln einmaligen Content. Hauptsächlich Social Media. Wenn du also mal einen Taui so nebenbei verdienen willst, bin ich dein Mann."

Branding, Content, Taui. Ich fragte mich, ob es auf dem Heimatplaneten des Typen Klettverschlüsse gab.

„Josi, danke für die Belehrung und von wos du a immer geredet hast. Aber i muss jetzt in die Spezlwirtschaft."

Ich ging die Tür hinaus in den Flur und war bereit, den Laden hier zu verlassen. Josi eilte mir nach und als ich schon an der Tür war rief er mir nach.

„Halt, Toni, Schatz! Dein Geld für die Eiswürfel!"

„Leck mich!", entgegnete ich unüberlegt, „I mein: steck's dir!"

Wortlos schauten wir uns an.

„Josi, behalt's einfach.", sagte ich und wandte mich wieder zur Tür. Ich ging raus, Josi sagte nichts mehr und ich denke, er hat mir noch hinterhergesehen.

Wieder kletterte ich das hölzerne Treppenhaus im Dunkeln hinab und trat vor die Tür. Ich zog eine frische Tschick aus der Jackentasche und leuchtete sie mir mit noch immer zitternder Hand hektisch an. Ich nahm einen tiefen Zug und blies den Rauch aus und marschierte zur Spezlwirtschaft. Meine Gedanken machten Purzelbäume. Der wollte mir doch hundertprozentig an die Wäsche. Und was sollte immer dieses „Schatz"? Oder nicht? Keine Ahnung.

Nach ein paar Minuten kam ich an der Spezlwirtschaft an. Durch die Scheibe draußen kann man immer etwas durch die aufgeklebte Schrift an den Fenstern schauen. Die Tische innen sind beleuchtet und ich sah Michi und Ferdl, wie sie lachten und Nachos aßen. Jeder ein Bier da, alles gut. Sie beäugten eine Gruppe Mädels an einem Tisch gegenüber und unterhielten sich nicht gerade bedeckt darüber. Ferdls Spusi, die ihre

Schicht abarbeitete war im Hintergrund zu sehen. Sie stand am Tresen und schaute immer wieder mit rollenden Augen zu den beiden hinüber.

Ich beneidete Ferdl und Michi in dem Moment. Sie mussten keine Bachelorarbeiten nächtelang durchackern. Sie wurden keinem schwulen Serienmörder fast zum Fraß vorgeworfen. Sie waren halt auch irgendwie schlau genug und brachten sich nicht in diese Situationen. Sie machten einfach ihr Ding.

Hamit, der einzige Türsteher in der Stadt, den ich leiden konnte, reichte mir die Hand und ließ mich rein. Wir saßen an einem Mittwochabend da, tranken Bier, erzählten Witze, rauchten, unterhielten uns über politische Themen, von denen keiner eine Ahnung hatte, fluchten, ratschten. Mir war klar, dass unsere Jugend nochmal begann. Wie damals, 2003.

Heid bin i Kini

Every Morning when I wake up, uh…

Jeden Morgen wachte ich auf. Die letzten fünfeinhalb Jahre. Ich wachte auf mit Kopfschmerzen, mit Migräne, mit beidem, mit Mundgeruch, mit peinlicher Stille. Oder aber ich wachte auf mit Angst. Mit Angst vor einer Klausur, mit Angst vor dem Alltag, mit Angst vor Zurückweisung, mit Angst vor der Angst, mit Angst vor einer erneuten Nacht ohne Schlaf, mit Angst vor Gauß-Jordan oder mit Angst davor, dass mich der Captain vom Footballteam wieder um mein Milchgeld erleichterte. Ich wachte auf in dem Wissen, es gäbe an jenem Tag nur Nudeln mit Pasta oder Aufgusssuppe aus dem Thai-Laden am Riedergarten, weil der Geldbeutel mir nicht mehr vergönnte. Und nun war er da. Der letzte dieser Tage. Nicht der letzte, an dem ich aufwachte. Aber der letzte, an dem ich aufwachte als Student. Als Gewicht an den Füßen der hart arbeitenden Gesellschaft, wie ich es mir von einigen besserwisserischen Vertretern des selbst auferlegten bajuwarischen Dorfproletariats über die Jahre immer wieder anhören durfte. Nach diesem Tage gab es nur noch die Ausfahrten Masterstudium oder Arbeitsplatz. Aber wer ließ schon einen phlegmatischen Taugenichts mit einem Schnitt von 3,6 und der Motivation eines Tiefgaragenpförtners zu? Damals hielt ich mich selbst gar nicht so für einen Taugenichts, wie ich es jetzt rückblickend zu tun vermag, aber ich wollte einmal diesen Begriff in diesem Buch unterbringen.

Money on my mind, good times and get caked up.

Es war eben zu Ende. Meine Roas, meine Queste, meine Reise, mein Abenteuer, meine Odyssee. All die Höhen und Talfahrten zwischen Bieranstich und Notenbekanntgabe. Zwischen Fakultätsweihnachtsfeier und Prüfungswochen. Es würde in Zukunft so nicht unbedingt weitergehen. Das monetär beengte Lotterleben aus Partys mit Bier aus Senfgläsern, aus billig gestrecktem Weed und Lernphasen, wo ich mir die Formelsammlung von einem der Chaoten aus der ersten Reihe schnorrte.

Ich musste mir wohl einen Job suchen. Einen richtigen. Irgendwo in einem hübschen Büro, wo ich zwischen Videokonferenzen, Telkos und Coffee Breaks mit der molligen Vorzimmerdame flirtete und wo ich genügend Geld verdienen konnte, um Bier aus echten Gläsern trinken zu können.

Das alles ging mir tagelang durch den Kopf. Wie ginge es weiter? Es sollte nicht das letzte Mal gewesen sein, dass ich vor dieser Frage stand und es mir eiskalt den Rücken runterlief. Aber das erste Mal. Meistens nahm ich ein paar Züge, ein paar Hiebe oder ein paar Nasen – Gletscherpries – und schob diese mich in temporäre Panik versetzenden Gedankengänge vor die Tür hinaus.

Sunshine coming through my blinds.

Ich lag am letzten Tag mit dem Status als Student in meinem Bett, hatte die üblen und üblichen Kopfschmerzen parat und starrte die Decke an, auf der sich ein paar Sonnenstrahlen, die sich durch die Jalousien Zutritt zu meiner Wohnung verschafft hatten, niederließen und mit fortschreitendem Minutenzeiger ihre Position änderten. Es war stickig und schwül und trotzdem trieb mich nichts aus dem Bett. Ich hasste die Welt mehr, als sie mich und ich fragte mich, ob das noch ewig so weitergehen würde.

Um die monotone Leere zu durchbrechen, griff ich, ohne hinzuschauen, auf den Nachttisch und tastete nach meinem Handy. Die Augen waren noch halbwegs zugefroren, doch das grelle Licht des Smartphones brannte sich durch den restlichen Schlaf hindurch.

Die Push-Benachrichtigungen informierten mich über mögliche Wege, wie man seine Schwangerschaftspfunde loswird, die mir völlig gleichgültige Volatilität des Dow Jones und über den Rosenheimer (42), der letzte Nacht nackt auf dem Kreisel am Ludwigsplatz im völlig betrunkenen Zustand Autos zuwinkte. Erzähle jemandem, dass du aus Rosenheim bist, ohne zu sagen, dass du aus Rosenheim kommst. #inanutshell.

Zwischendrin informierte mich eine neutrale und ruhige Männerstimme in einer Pop-Up-Anzeige darüber, dass bei irgendeiner der viertausend Discounterketten marinierte Rindersticks für 8,79 Euro die Packung zu haben waren. Unverbindliche Preisempfehlung und nur so lange der Vorrat reicht! Fick dich doch selber.

Irgendwo – ich glaube, es war das zweite Semester – begann ein Zeitalter, in dem Leute plötzlich anfingen, mit ihren Smartphones alles und jeden Scheiß zu fotografieren. Verteufelte ich dieses Getue normalerweise, da es teilweise vorkam, dass ich zwei Stunden lang irgendwelches Blitzlichtgewitter im Gesicht hatte, ohne in irgendeiner Weise prominent zu sein, so war ich in diesem Moment ganz froh darüber. Denn ich setzte mich auf, griff erneut zum Nachttisch, lümmelte eine frische Tschick aus einer alten Schachtel und zündete sie mir an, während ich gleichzeitig an meinem Smartphone jene Fotografien der vergangenen Jahre ansah.

Ein Foto zeigte mich und Seppi in einem Auflauf von lächelnden Menschen an Hias' Geburtstag. Auf einem Foto lachte sogar ich. Bei einem Beer-Pong-Turnier mit Pippo. Ein Foto zeigte mich bei der Hochzeit von Kathis Bruder. Noch ein Selfie mit Kathi. Und noch eins. Oh Gott, so viele Selfies. Auf einem Foto hatte man irgendeinen Jungbauern auf einer Feier, auf der ich war, mit Kronkorken und Filzstiftschnurrbärten geschmückt. Ein Foto vom Fasching. Aus einem Foto von mir hatte Michi mal ein Meme erstellt.

Ich schwelgte eine Zeitlang in Erinnerungen und wurde etwas melancholisch. Dann überlegte ich kurz, ob ich vorhin besagtem Mann (42) am Vorabend eventuell irgendwo begegnet sein könnte, legte das Phone weg und stand auf. Auf der Bettkante sitzend schnaufte ich den Stress, ein Toni Zaunmüller zu sein, ein wenig hinaus, und begab mich in die Küche, um eine Sache zu machen, die jeden Morgen für mich erleuchtete: einen tiefen Schluck Milch aus der Packung nehmen. Noch sieben Stunden, bis ich meinen letzten Gang antreten sollte. Sieben Stunden, dann würde man mir ein Stück Papier und bei ganz viel Glück einen Strauß Blumen überreichen und dann wäre es vorbei. Noch sieben Stunden. Oh, Mann.

Als ich den Milchkarton wieder in die Tür stellte und den Kühlschrank schloss, dachte ich, mich trifft der Schlag. Am Kühlschrank hing noch eine Rechnung für einen Gartenstuhl, den ich exakt vierzehn Tage zuvor gekauft hatte, und der etwas beschädigt war, weshalb ich ihn zurückgeben wollte. Und die sechsundzwanzig Pesos konnte ich auch gut anderweitig gebrauchen. Und nach Ablauf der vierzehn Tage war auch die Rückgabe nicht mehr möglich. Es musste also sein, verschieben war keine Option mehr.

Verdammte Scheiße. Extra deshalb hatte ich die Rechnung an den Kühlschrank gepinnt. Aber die vierzehn Tage vorher hatte ich wohl wichtigeres zu tun. Online-Ego-Shooter, schlafen, ein Zweihunderter-Puzzle zu Ende bringen, meine Bachelorarbeit, YouTube.

Ich packte also das Ding in meinen Kofferraum und fuhr zum Baumarkt, wo ich das Ding gekauft hatte. Der Baumarkt – neben dem Pornokino, dem Fußballstadion und der Holzklasse nach Malle der Lieblingsort des deutschen Bundesbürgers – war etwa zehn Autominuten weg.

Der Asphalt auf dem Parkplatz glühte in der Mittagshitze in Wellen vom Boden auf, als ich auf ihn fuhr. Noch sechs Stunden. Ich nahm den Stuhl und ging in den Laden.

Natürlich war es wie immer im Baumarkt: man brauchte einen Verkäufer, doch als ich den Laden betrat, schwärmten alle in jegliche Ecken aus, als wäre ich der Antichrist persönlich. Aber halb so wild, ich fand schließlich einen, wickelte die Rückgabe ab und schlenderte mit nachgezogenen Schuhen über den gefliesten Geschäftsboden zum Ausgang.

Ein Typ kam mir entgegen, mit Sonnenbrille und nach Rau(s)ch stinkenden Klamotten. Ich kannte ihn, es war der Castingagent, der mich ein paar Jahre vorher in einem Schuppen in Rosenheim engagiert hatte. Seitdem hatte ich ihn nicht mehr gesehen, hatte nur sporadisch per E-Mail Kontakt mit ihm. Ich schaute ihm kurz ins Gesicht und drehte mich weiter nach vorne, ohne einen Ton zu sagen. Im Augenwinkel sah ich noch, wie er stehen blieb und mir hinterherschaute. Gruzifix, er erkannte mich.

„Tommy."

Ich ließ die Schultern fallen, schaute enttäuscht zum Himmel und drehte mich um.

„Benedikt."

„Benno.", wurde ich berichtigt. Er grinste und präsentierte mir seine gebleachten Zähne über seinem Kinnbart.

„Toni. Aber wir kennen uns erst seit zwei Jahren.", sagte ich und hoffte, mein Leben nun fortsetzen zu können. Im Hinterkopf begann der Song wieder zu spielen, den ich beim Herfahren hörte.

Women, Weed & Weather.

„Stimmt, sorry. Danke nochmal, dass du in der Bierwerbung letztens noch eingesprungen bist. Irgendsoein Pisser hat mir einen Tag vorher abgesagt."

„Ja, ja. Keine Probleme."

„Hattest du Text?"

„‚Trinken Sie Scherzinger!' Aber die schneiden's raus, haben's gesagt."

„Oh.", schnaufte er und versuchte wohl hinter der Brille, halbwegs wach zu bleiben, „Alter, ich bin so voll, Bruder. Wir waren im Café Paolo gestern. Kennste?"

Kennste. Wenn ich so was schon hörte. Und die Geschichte wurde mit Sicherheit nicht besser.

„Ja."

„Weißt wer da war?"

„Na."

„Daniel Garbauer.", sagte er langsam und mit einem Leuchten in den blutunterlaufenen Augen, nachdem er die Brille abgenommen hatte.

„Sauber."

„Kennst den?"

„Na."

„Daniel… Garbauer.", wiederholte er in dem Glauben, dass ich es akustisch nicht verstand.

„Keine Ahnung."

„Der Garbauer…"

„Ach der, ja.", fuhr ich ihm ins Wort. „Garbauer, alles klar." Kein Dunst, wer das war.

„Ja, Alter. Der hat zwei Drei-Liter-Flaschen reingestellt. Bruder, ich war voll, Mann."

„Wos machst du beim Baumarkt?", fragte ich und bat das Schicksal umgehend um eine Strafe von einhundert Peitschenhieben, für das, dass ich mich selbst im Gespräch mit diesem Honk hielt.

„Junge, vorne steht mein Taxi. Wir waren noch im Puff bis vor na Viertelstunde. Dann hab ich zum Fahrer gesagt, er sollt mich für n' Hunni irgendwo hinfahren, wo ich n' Zollstock mit meinem eigenen Namen drauf kaufen kann."

„Okay."

„Geil, wa?"

„Des coolste, wos i seit langer Zeit gehört hab."

„Also, bis denne."

„Fall tot um.", dachte ich, traute es mich aber nicht zu sagen. Wieder so ein Typ, mit dem man Rosenheim in einem Beispiel erklären konnte. Naja, was soll's?

Noch fünf Stunden. Ich fuhr nach Hause, aß etwas, duschte, trank ein Glas Wein und schaltete die Glotze ein, bis es nur noch drei Stunden waren. Ich ging nochmal ins Bett und schlief. Als ich aufwachte, waren es noch anderthalb Stunden. Ich setzte mich auf den Balkon und schwebte weiter traurig auf meiner melancholischen Wolke dahin, nicht wissend, wie es ab dem nächsten Morgen aussehen würde. Und dann trat ich ihn schlussendlich an, meinen letzten Gang.

Vorausschauend ließ ich meinen Polo stehen und nahm den Drahtesel zur Abschlussfeier. Mit einem Dosenbier, das ich seit der Heimkehr aus dem letzten Bootsurlaub nahe Porec in der Kühlschranktür neben der Milch versteckt hatte, machte ich mich auf den Weg. Noch eine Stunde.

Ich streifte in meinem marineblauen Anzug und mit einer halbwegs funktionstüchtigen Sonnenbrille durch das sich ankündigende Abendrot Rosenheims und ließ mir die Luft durch die Haare wehen. Die Straße stank nach Verkehr und Abwasser, viermal bloß wurde ich angehupt und ich konnte die Blasmusik der Abschlussfeier von Weitem hören.

Als ich an den Fahrradstellplatz der Hochschule fuhr, sah ich sie schon alle aufgereiht an der Treppe des Campus stehen: Pippo, Flex, Yuri, Max Krautmann, Max Müller – ich glaube, der eine war dieser Sandro Ettmüller –, Leitner und die Gang aus dem Oberland um Severin, Marinus und Fredi. Alle standen sie da, in einem ebenso deliziösen Anzug wie dem meinem, die meisten mit einem Job oder einem lukrativen Praktikum in der Tasche. Wenn ich in meine Taschen guckte, fand ich maximal ein altes Taschentuch und dreiundvierzig Cent Wechselgeld.

Pippo umarmte mich zur Begrüßung und reichte mir seinen Flachmann. Puh. Yuri fastete Alkohol und die anderen standen mit einem kühlen Rosenheimer Hellen da und plauderten.

Nach einer Zeit gingen wir in den Hörsaal, wo wir von unserem ehemaligen Prof über die Stolpersteine des Arbeitslebens und den bevorstehenden Weltuntergang unterrichtet wurden. Anschließend begann die Zeremonie.

Wir saßen nebeneinander aufgereiht im Auditorium, lachend und flüsternd am Lästern, wenn wieder ein Leitner oder Ettmüller aufgerufen wurde. Und dann wurden wir einer nach dem anderen nach vorne gerufen. Wie ich es aus der Schulzeit gewohnt war, wurde ich mit „Zaunmüller" als einer der letzten aufgerufen.

Und dann war es soweit: „Anton Zaunmüller, Bauingenieur.", rief der Kerl, den ich mit mehr Haaren und weniger luftiger

Kleidung in Erinnerung hatte, als er uns im dritten beibrachte, wie man extrapoliert und die strömungsmechanischen Impulsgleichungen näherbrachte.

Ich glaubte ihm immer noch kein Wort, stand auf, schleppte mich unter Applaus der übrig gebliebenen fünf Hansln nach vorne, holte mir meinen Strauß Blumen und meine Urkunde ab und verließ den Saal.

Auf dem Campus waren Biertischgarnituren, ein Lagerfeuer und ein Buffet aufgestellt, wo wir unseren letzten gemeinsamen Abend verbrachten. Das letzte Abendmahl. Zweitausend Jahre später und diesmal ohne Kreuzigung im Schnellverfahren. Vorerst jedenfalls.

Wir lachten weiter, lästerten, hörten uns Geschichten aus dem Bazi's von Pippo an und verabschiedeten einen nach dem anderen.

„Wir bleiben in Kontakt!", sagte dabei jeder zweite. Pustekuchen und Lebewohl.

Dann bat man uns zu gehen, es war spät und man wollte nun aufräumen. Im Kreis standen wir restlichen Leut vor dem Campus, nachdem man uns vor die Tür gesetzt hatte, und wir starrten alle wie magnetisch angezogen zum Boden, ohne ein Wort zu verlieren. Es war vorbei. Seit zwei Stunden war es vorbei. Zwei von uns wippten mit den Füßen nach vorne und hinten. Es war leise, man hörte nur Gelächter aus dem Hintergrund und den prasselnden Springbrunnen neben uns zwischen den beiden großen Hochschulgebäuden.

Severin holte einen Joint aus seinem Geldbeutel raus, der aussah, als wäre er da drin neben dem Kondom seit der Grundschule verwahrt gewesen. Er zündete ihn an und gab ihn einmal im Kreis rum. Nur Pippo und ich zogen daran, die anderen waren wohl bereits high von der klaren Nacht, die über uns hereingebrochen war.

Smokin' weed with you. 'Cause you taught me to.

Es war das schlechteste Gras, das ich jemals geraucht hatte. Es war fad, man spürte nichts, es schmeckte nicht.

Reihum verabschiedeten sich immer mehr, von denen, die mit uns da draußen standen. Der Mond und die Laternen auf dem Campus schenkten uns etwas Licht. Es war immer noch warm. Die Oberland-Gang, Yuri, Pippo und ich waren noch übrig, als plötzlich Max Krautmann – dieser verblödete Volltrottel – mit seiner Angelachten zu uns stieß.

„Leute, das war's. Wir bleiben in Kontakt..."

Ich verdrehte die Augen.

„Ich werd wahrscheinlich das Geschäft von meinem Onkel übernehmen..."

Danach hatte niemand gefragt. Und es reagierte auch niemand.

„Was macht ihr?"

Noch immer tat sich nichts.

„Pippo?", hakte er präziser nach. Während ich weiterhin auf den Boden starrte und die wippenden Fußbewegungen von einigen zusah, hörte ich konzentriert zu, ohne zu blinzeln.

„Puh, keine Ahnung.", antwortete Pippo, „I bin im Bazi's derzeit ziemlich eingespannt. Der Ludwig, der Chef, der hat Krebs und i schmeiß den Laden so halb."

„Oh Shit, na dann viel Spaß!", lachte Krautmann, „Zaunmüller, was ist mit dir?"

Ich sagte nichts.

„Toni?"

„Wos is?"

„Was machst du jetzt?"

„Naja", setzte ich an, blickte das erste Mal seit gefühlt zehn Minuten auf, runzelte meine Stirn und pustete erschöpft einmal durch, „Wos man als 3,6er-Durchschnittsingenieur halt so macht. Barkeepern, Taxi fahren, Macchiatos mixen für alte Knacker vom Samerberg und ihre jungen aufgespritzten Weiber, Rodeo-Clown, Gras verschnalzen… mir stehen alle Türen offen."

Die Jungs lachten. Der Kerl auch, am lautesten.

„Haha, Zaunmüller", plerrte er lachend hinterher und klopfte mir laut auf die Schulter, „Mal nicht so deprimiert. Das wird schon. Warte einfach."

Ich schaute wieder zum Boden und gab dem Gelächter einen leisen Blick zu, ohne was zu sagen. Deprimiert, sagte der. Was war da deprimiert? Das war einfach die kalte Wahrheit. Und auf was sollte ich warten? Was mich erwartete, war wieder mal eine Nacht voller Einsamkeit in einem Bett voller Albträume.

Ich weiß nicht mehr wieso, aber ich drehte mich nochmal auf und fragte Krautmanns Freundin, die mittlerweile seine Frau ist – #spoileralarm: „Wos machst du?"

„Ich geh' zum Arbeiten nach Indien."

Ich dachte kurz darüber nach. Viel Geld ließ sich da sicher nicht verdienen, meinte ich zu mir selbst, ohne es laut auszusprechen. Da fiel mir ein, ich war noch nie in Indien gewesen. Ich habe auch noch nie gearbeitet. Also, richtig zumindest nicht. Es gab zu vieles, das ich zu jenem Zeitpunkt noch nie getan hatte.

Ich weiß bis heute nicht, welcher psychedelischer Scheiß da abging, aber mit einiger Verspätung, jedoch der Schöpfungskraft des Allmächtigen bewaffnet, kam ein Schub durch meinen Geist, der alles verzerrte und verlangsamte. Ich sah noch Severin schelmisch lachen, dann wurde alles langsam und bunt. Pippos Gesicht bewegte sich wie ein im Wind stehender Wassertropfen.

Iiicch geehh zuuum Aarbeiteeen naaaacch Iiindiieeeenn.

Meine Campusroas war zu Ende und es gab zu viele Dinge, die ich noch nie getan hatte. Und meine unter Schwachstrom gesetzten Hirnwindungen zwangen mich, darüber nachzudenken.

Darüber, dass ich noch nie in Indien war.

Ich war auch noch nie in Rio. Oder in Pirmasens.

Ich habe noch nie ein Gewehr abgefeuert.

Ich habe noch nie gekokst.

Ich habe noch nie gegen einen Kleinwüchsigen im Tischtennis verloren.

Ich habe nie die Pyramiden gesehen.

Ich habe noch nie unter der Dusche gesungen.

Ich bin noch nie… Moment. Ich habe mal gegen einen Kleinwüchsigen im Tischtennis verloren.

Ich bin noch nie mit dem Fahrrad auf einen Berg gefahren.

Ich habe mir noch nie eine Katze schneiden lassen.

Ich habe noch nie eine Glatze gestreichelt.

Ich habe noch nie an einem vereisten Straßenschild geleckt.

Ich wurde noch nie festgenommen.

Ich habe noch nie etwas aus einem Geschäft geklaut.

Ich habe noch nie im Winter eine Sonnenbrille getragen.

Ich habe noch nie eine Story gepostet.

Ich war noch nie beim Beichten.

Ich habe noch nie gewählt.

Ich habe noch nie das Geschäft meines Onkels übernommen.

Ich trug noch nie EarPods und fühlte mich wichtig.

Und all das musste ich noch machen.

Und das würde ich.

Ich halte euch auf dem Laufenden.

Abonniert meinen Kanal und aktiviert die Glocke.

Oder schaut einfach fern.

Link in der Bio.

LA FINE.